Christa Wolf

Neue Lebensansichten eines Katers
Juninachmittag

Erzählungen

Nachwort von Hans-Jürgen Schmitt

D0779924

Philipp Reclam jun. Stuttgart

Die Texte folgen: Christa Wolf: Gesammelte Erzählungen.
Neuwied/Darmstadt: Luchterhand, 1980.

RECLAMS UNIVERSAL-BIBLIOTHEK Nr. 7686
Alle Rechte vorbehalten
© für diese Ausgabe 1981 Philipp Reclam jun. GmbH & Co., Stuttgart
Mit Genehmigung des Hermann Luchterhand Verlags, Neuwied
und Darmstadt
Gesamtherstellung: Reclam, Ditzingen. Printed in Germany 2004
RECLAM, UNIVERSAL-BIBLIOTHEK und
RECLAMS UNIVERSAL-BIBLIOTHEK sind eingetragene Marken
der Philipp Reclam jun. GmbH & Co., Stuttgart
ISBN 3-15-007686-2

www.reclam.de

Neue Lebensansichten eines Katers

> Je mehr Kultur, desto weniger Freiheit, das ist ein wahres Wort.
>
> E. T. A. Hoffmann,
> »Lebensansichten des Katers Murr«

»Die Kater sahen nach Morgen aus!« Diesen Romansatz lesen, ihn fühlen und wissen, daß ich ein Dichter bin: Im rechten Augenblick gibt mir der lange verstorbene, übrigens aus dem Russischen übersetzte Autor den gegen Ende meiner Jünglingszeit jäh geschwundenen Mut zur literarischen Produktion zurück. Selten hat mich so wie in diesem Augenblick der Schmerz gepackt über das Unvermögen meines Herrn, des Professors der Angewandten Psychologie Rudolf Walter Barzel (45), die Sprache der Tiere, insbesondere die der Kater, zu verstehen. Wüßte er, daß ich fähig bin, drei komplizierte geistig-seelische Prozesse auf einmal zu empfinden! Ahnte er die Bestimmung jenes angenehm quadratischen, in grobes Leinen gebundenen Büchleins, das Isa (16), die Tochter des Hauses, fast bis zur Hälfte mit ihren überaus kindischen Ergießungen bekritzelt hat, und das ich an mich zu bringen wußte, um seinen weißen Blättern einige Resultate der fieberhaften Tätigkeit meines ergreifend entwicklungsfähigen Katerhirns anzuvertrauen!
Froh erschrocken über die Höhe, auf die sich die Katzenheit in mir, ihrem derzeit würdigsten Vertreter, geschwungen hat, verließ ich das Buch und des Professors Schreibtisch, auf dem ich gelegen, nahm meinen gewohnten Weg durch das Fenster und streunte in der milden Herbstsonne, auf der Suche nach einer Seele, die mein außerordentliches Wesen zu würdigen wüßte, bis

an die äußersten Grenzen meines Reviers in den Gärten herum. »Seele« sage ich, obwohl ich weiß – nicht zuletzt durch das sorgfältige Studium der Werke meines großen Vorfahren, des Katers Murr –, daß dieser hypothetische Gegenstand, wissenschaftlich niemals verifiziert, dem frühen neunzehnten Jahrhundert unentbehrlich, von neueren Autoren durch Tricks wie »Mutmaßungen«, »Nachdenken« und die Äußerung von »Ansichten« in die Enge getrieben wird – Tricks, die, wenn vielleicht nicht zu größerer Klarheit des Stils, so doch gewiß zu einem tiefsinnigeren Gesichtsausdruck dieser Autoren geführt haben müssen; ein Ausdruck übrigens, den auch ich beherrsche, der, wie jedes Benehmen, das man lange genug übt, zu meiner zweiten Natur geworden ist und die schönsten Wirkungen auf mein Inneres nicht verfehlt. Diese Beobachtung, wiewohl sie von mir sein könnte, findet sich neben anderen treffenden Bemerkungen im Frühwerk Professor Barzels: »Verhaltensübungen und ihre Auswirkung auf die Charakterstruktur«. Sie beweist mir, daß auch das originellste Talent heutzutage, da alle großen Entdeckungen gemacht sind, zwischen steiler Abseitigkeit und plattem Epigonentum sich aufreiben müßte, hielte es sich nicht an die Lebensregel alles nach Sittlichkeit Strebenden: Halte die Mitte! Dies sei der erste Satz in meinem »Leitfaden für den Umgang heranwachsender Kater mit dem Menschen«.

So in meine Gedanken vertieft, stieß ich an der Grenze zwischen meinem Revier und dem Beckelmannschen Nachbargrundstück auf jene schwarze grünäugige Katze (2½), die, äußerlich zierlich und anmutig und auf unverkennbar orientalische Weise verführerisch, in ihrem Innern leider frech und anmaßend und gierig ist, kurzum: ein Weib, das sich ja prinzipiell, wie mein

Professor eines Tages gesprächsweise zugab, den fortschrittlichen Testmethoden seiner Wissenschaft viel hartnäckiger entzieht als der Mann; allerdings halten wir diese Tatsache geheim, um nicht in den Verdacht versteckter Gegnerschaft zur Frauenemanzipation zu kommen, und um den Frauen, die ja samt und sonders unter ihrem Defekt leiden, keine Männer zu sein, ihre mißliche Lage nicht noch zu erschweren. Diese Rücksicht habe ich auch jener Schwarzen gegenüber sorgfältig geübt, so daß ich wirklich nicht weiß, was sie so aufgebracht haben kann an dem schlichten Satz, den ich, gerade als wir uns begegneten, gedankenverloren ausstieß: Der Kater ist geheimnisvoll.

Dabei ist diese Behauptung so ungemein wahr! Die gebildete Welt weiß es aus der älteren und neueren Literatur, und sie wird, wie ich zuversichtlich hoffe, weitere Beweise durch meine bescheidenen, aber gediegenen Beiträge zur Erhellung des zeitgenössischen Katerwesens erhalten.

Dagegen der Mensch! Wie durchsichtig ist er mir und sich selbst! Ein Hirnrindenwesen wie wir alle von den Vögeln an aufwärts, dem rücksichtslosen Walten biologischer Zufälle unterworfen wie jedes Tier, hat er in einem erleuchteten Augenblick für sich die Vernunft erfunden. Nun kann er sich alle Verzichte, die er seiner höheren Bestimmung wegen leisten muß, vollkommen plausibel machen und auf jede Situation zweckmäßig reagieren. So jedenfalls versucht Professor R. W. Barzel es seiner blonden Frau Anita (39) zu erklären, abends, wenn sie im Bett liegt, Kriminalromane liest und Likörpralinen ißt. Zwar habe ich nie bemerkt, daß sie Gewinn aus diesen Vorträgen zieht, denn ihr Gesicht ist gleichmütig, wenn nicht sogar höhnisch. Ich aber, scheinbar schlafend auf dem weichen Bettvorleger meines Professors, in Wirklichkeit dankbar und aufnahmebereit für jedes seiner Worte, ich kann sagen: Nichts Menschliches ist mir fremd.

Daher würde ich, wäre ich als schreibgewandter Mensch und nicht als talentvoller Kater auf die Welt gekommen, mein Leben gewiß nicht einer derart überflüssigen Literaturgattung wie der Belletristik weihen, die ja ihre Existenz immer mit den noch unerforschten Tiefen der menschlichen Seele begründet. Hat sich was mit Tiefen! sagt mein Professor zu einem Mitarbeiter seiner Gruppe, Dr. Lutz Fettback (43), Ernährungswissenschaftler und Physiotherapeut. Dr. Fettback hat ein Lippenbärtchen, das hüpft, wenn er lacht, und er lacht, wenn er sagt: Das sehe sogar ein einfacher Praktiker wie er, der meinem Professor nicht das theoretische Wasser reichen könne, daß die Seele eine reaktionäre Einbildung sei, die viel unnützes Leid über die Menschheit gebracht und, unter anderem, solchen unproduktiven Wirtschaftszweigen wie der Belletristik ein lukratives Dasein ermöglicht habe. Ja, sagt Dr. Guido Hinz (35), kybernetischer Soziologe, ein tüchtiger, aber undurchschaubarer Mensch: Anstatt jene Verschwendung idealer und materieller Produktivkräfte zu dulden, die aus diesem unkontrollierten Seelenunwesen natürlich entsprungen sei, hätte man frühzeitig ein möglichst lückenloses Nachschlagewerk für optimale Varianten aller Situationen des menschlichen Lebens anlegen und auf dem Verwaltungswege jedem Haushalt zustellen sollen. Dies ist eine bemerkenswerte Idee. Wie viele Kräfte, in nutzlose Tragödien verwickelt, wären für die Produktion materieller Güter frei geworden, worin die Menschheit bekanntlich ihren eigentlichen Daseinszweck sieht (eine Tatsache übrigens, die ich der regelmäßigen Lektüre dreier Tageszeitungen entnehme). Bei der leichten Schematisierbarkeit menschlicher Probleme hätten fast alle leistungshemmenden Faktoren in diesem Nachschlagewerk erfaßt und einer positiven Lösung zugeführt werden können; der technisch-wissenschaftliche Fortschritt wäre um Jahrzehnte früher ausgelöst worden und die Menschheit könnte schon in der Zukunft leben. Die wohlige Zufriedenheit, nach der es jedes Geschöpf verlangt, hätte sich längst ausgebreitet, und auch ein Haustier – das füge ich aus eigenen freien Stücken hinzu – könnte das selbstverständlich nur begrüßen. Denn auf wessen Rücken schlagen sich letzten Endes Kummer und Mangel ihrer Herren nieder, wenn nicht auf dem der Hunde, Katzen und Pferde?

(Dabei fällt mir ein, daß ich noch mein Scherflein beisteuern muß zur Verbreitung der neuen, vom gemischten Haustierausschuß kürzlich für die veraltete Bezeichnung »Herren« eingeführten Vokabel: »Wirte« wollen wir mit Fug und Recht unsere Herren nun nennen, und ich stehe nicht an, als zweite Regel in meinen Leitfaden einen Satz aufzunehmen, der dem Verschleiß durch die Zeit widerstehen wird: »Zufriedene Menschen – zufriedene Haustiere!«)

An dieser Stelle der Diskussion erhebt Dr. habil. Guido Hinz seinen rechten Zeigefinger, der mir durchaus zuwider ist, weil er sich roh in meine weichen Flanken zu bohren pflegt – erhebt diesen Finger und sagt: Vergessen Sie mir die Kybernetik nicht, werter Herr Kollege! – Wenn ich von der menschlichen Rangordnung irgend etwas verstehe, ist ja mein Professor keineswegs der »Kollege« eines Doktors. Vor allem aber vergißt er die Kybernetik – deren Grundbegriffe natürlich auch mir geläufig sind – in keiner Minute seines Lebens, dafür kann ich mich verbürgen. Wie oft habe ich ihn sagen hören, nur die Kybernetik sei imstande, ihm jenes absolut vollständige Verzeichnis sämtlicher menschlicher Unglücksfälle in sämtlichen denkbaren Kombinationen zu liefern, das er doch, sagt er, so dringend braucht, um auch nur einen Schritt weiter zu kommen. Und wer wüßte, sagt er, besser als er, daß TOMEGL eine Utopie bliebe – jawohl, wiederholt er, eine utopische Phantasterei! – ohne dieses herrliche Instrument der Computer! Ja: Ich, wenn ich ein Mensch wäre, ich widmete mich wie mein Professor der totalen Ausbreitung der alles erkennenden, alles erklärenden, alles regelnden Ratio! (Niemand wird mir den Wechsel ins Lateinische verübeln; denn es gibt Wörter, für die ich in meinem geliebten Deutsch die Entsprechung nicht finde.)

TOMEGL ist streng geheim. Mein Professor senkt die Stimme, lange ehe er sich dieses Wort entschlüpfen läßt, Dr. Fettback senkt sein Bärtchen, und Dr. habil. Hinz senkt aus mir unbekannten Gründen die Mundwinkel. Ich aber, still und aufmerksam zwischen den Papieren auf dem Schreibtisch, ich weiß, wovon die Rede ist: TOMEGL heißt nichts anderes als TOTALES MENSCHEN-GLÜCK.

Die Abschaffung der Tragödie: Das ist es, woran hier gearbeitet wird. Da ich es nicht lassen konnte, das geheimste aller menschlichen Geheimnisse zu Papier zu bringen – fahr hin, eiteltörichte Hoffnung, dieses mein bestes Werk je gedruckt zu sehen! Was nur drängt den wahren Autor, von den allergefährlichsten Dingen zu sprechen und immer wieder zu sprechen? Bejahen doch sein Kopf, sein Verstand, sein staatsbürgerliches Pflichtgefühl die strenge Vorschrift absoluter Diskretion: Man denke sich TOMEGL in der Hand des Gegners! Irgendwelche Organe aber, welche der physiologischen Forschung bisher nicht aufgefallen zu sein scheinen, zwingen auf noch ungeklärte Weise – ich vermute durch heimtückische Absonderung einer Art von Wahrheitshormon – den unglücklichen Schreiber immer wieder zu verhängnisvollen Bekenntnissen. Wie auch mein großer Vorfahr, der Kater Murr, dem ich äußerlich wie ein Zwilling gleiche und von dem ich mich in direkter Linie ableite, in seiner liebenswerten, wenn auch wissenschaftlich nicht stichhaltigen Manier sich ausgedrückt hat: »Zuweilen fährt mir ein eignes Gefühl, beinahe möcht ich's geistiges Leibkneifen nennen, bis in die Pfoten, die alles hinschreiben müssen, was ich denke.« Niemand, der weiß, daß mein Professor mit dem totalen Menschenglück befaßt ist, kann sich über seine oft so gequälte Miene wundern oder über die bedauerliche Tatsache, daß neuere klinische Untersuchungen ein Geschwür an seinem Magenausgang auf die Röntgenplatte bannten, die mein Professor nicht ganz ohne Stolz, indem er sie gegen das grüne Licht seiner Arbeitslampe hielt, seinem Freund Dr. Fettback vorführte. Wir hatten die Freude, Herrn Dr. Fettback dieses Geschwür »klassisch« nennen zu hören und aus berufenem Mund den gesundheitsschädigenden Charakter unserer Arbeit bestätigt zu bekommen. Natürlich schlafe er auch schlecht, mein Professor? – Fast gar nicht, erwiderte der bescheiden. – Aha, sagte Fettback, und sein Bärtchen hüpfte. Autogenes Training.

Ich habe, in des Professors Arbeitssessel geschmiegt, an den Übungen teilgenommen, die Dr. Fettback aus alter Freundschaft mit meinem Professor veranstaltete. Gewiß, sein Merkwürdiges hat es ja, diesen Mann, ein fraglos seinen Mitarbeitern überlegener Kopf, auf das

Ledersofa hingestreckt und den Kommandos des kleinen Fettback gehorsam zu sehen, der sich denn auch jede Mühe gibt, allen geistigen Ausdruck aus den Zügen seines Patienten zu vertreiben. Na also, sagte Dr. Hinz, der zufällig einmal hereinplatzte, als mein Professor und Fettback, beide mit dem gleichen leeren Gesichtsausdruck, in gedämpftem Chor vor sich hin murmelten: Ich bin wunderbar entspannt. Ich werde ruhig schlafen. Es geht mir gut.

Da haben sie ihn ja endlich geschnappt, sagte Dr. Hinz. Was das bedeuten soll, verstehe, wer will. Soviel steht fest: Mein Professor begegnet den abendlichen Monologen seiner Frau Anita, der leider hin und wieder ihre Kriminalromane ausgehen, jetzt gelassener als früher. Die Loyalität meinen Wirten gegenüber veranlaßt mich, diese weitläufigen und nicht selten schrillen Monologe in einem abgeklärten Satz zusammenzufassen: Die Enttäuschungen des Lebens, besonders aber die des Frauenlebens, und besonders die Enttäuschungen, die die allernächsten Personen, zum Beispiel der eigene Ehemann, einem zufügen, können auch an den stärksten Charakteren auf die Dauer nicht spurlos vorübergehen. Zu solchen Reden, in die sie in einem mir nicht ganz durchsichtigen Zusammenhang Wörter wie »unversiegbare Manneskraft« oder »ewige Liebesbeglückung« mit einem unverkennbar höhnischen Unterton einfließen läßt, trinkt sie große Mengen Apricot Brandy, ihren Lieblingslikör, und verlangt schließlich von meinem Professor, der seit vier Wochen abends in jenem interessanten Werk über Sublimierungsvorgänge im Sexualbereich liest, er solle das Vieh hinausbringen. Damit meint sie mich.

Überflüssig zu sagen, daß ich mich tief schlafend stelle und mein Professor ihr mit sanfter Stimme vorhält: Aber warum denn, liebe Anita, laß doch das Tier, es stört uns ja nicht. – Es ist schon vorgekommen, daß sie da in ein unpassendes Gelächter ausbricht und mit einem Weinkrampf endet. Mein Professor aber löscht in solchen Fällen das Licht, schließt die Augen, und nach einer Weile höre ich ihn flüstern: Mein rechter Arm ist schwer und warm. Ich bin ganz ruhig. Mir geht es von Tag zu Tag besser...

Geschlafen hat er trotzdem wenig. Oft sehe ich ihn mit offenen Augen daliegen, wenn ich im Morgengrauen, frisch und ausgeruht, aus dem Schlafzimmerfenster auf die kleine Birke springe, an der ich mich hinunterlasse, um mich zu meinesgleichen zu begeben.

Über Geschmack ist mit Menschen nicht zu streiten (auch dieser Satz gehört in meinen Leitfaden für den heranwachsenden Kater). Immerhin: Frau Anita ist sehr, sehr blond. Diese Feststellung kann und darf natürlich keine Kritik sein. Sie überragt meinen Professor um Haupteslänge – ein Umstand, den ich vollständig vergesse, wenn ich sie abends so friedlich nebeneinander im Bett liegen sehe. Durchaus sei es denkbar, sagt Dr. Lutz Fettback gelegentlich, daß ein eher asketisch eingestellter Mann sich einer Frau von üppigen Formen zuneige; doch zwinge ihn sein Berufsethos, die Eßgewohnheiten von Frau Anita zu mißbilligen.

Ich weiß, was er meint, da ich seine Schrift »Auch Essen ist Charaktersache« kürzlich gelesen habe. Sie gipfelt in dem Satze: Sage mir, was du ißt, und ich sage dir, wer du bist! (Woraufhin ich meinem »Leitfaden« eine weitere wichtige Regel hinzufüge: Eines schickt sich nicht für alle!) So entblödet Dr. Fettback sich neuerdings nicht, genau zu den Mahlzeiten zu erscheinen, um unter Reden, die nur ihm und niemandem sonst humorig vorkommen, die Anwesenheit irgendwelcher unglaublich widerlichen Rohkostsalate und die Abwesenheit von Fleisch auf der Barzelschen Tafel zu kontrollieren. So erhielt ich reichlich Gelegenheit, meinen Professor aus mißlichen Lagen zu retten, indem ich die Fleischstücke, die er mir unter den Tisch warf, blitzschnell verzehrte – gleichgültig, ob ich gebratenes Fleisch sonst bevorzuge oder nicht. Doch wie jede Handlung wider die Natur hatte auch diese ihren Preis: Plötzlich begann mein Professor sich für meine Reaktionszeiten zu interessieren, und mein Leben, nun an die Stoppuhr gefesselt wie schon lange das seine, wurde anstrengend genug.

Hätte ich nur geahnt, daß die Messungen, die er an mir vornahm, den Grundstock für seine später so bedeutsam werdenden Reflexstudien bilden sollten – um wie vieles schneller hätte ich ihm zu unserer beider Vorteil dasjenige Verhalten vorgeführt, das er von einer begabten Versuchsperson erwarten konnte: daß sie es nämlich fertigbrachte, auf genau die gleichen Reize immer auf genau die gleiche Weise zu reagieren. Dies ist das mindeste, sagt mein Professor, was dieses Wunderwerk von einem Computer von seinem Partner verlangen kann.

Kurz: Nachdem das Prinzip mir klar geworden, ging unsere Testreihe schnell und reibungslos vonstatten. Warum sollte ich meinem Professor nicht den kleinen Gefallen tun, nach einer reichlichen Lebermahlzeit zum Beispiel, nach der man natürlich am liebsten der Ruhe pflegt, meinen Verdauungssprung auf die junge Fichte vor dem Haus drei- anstatt zweimal zu wiederholen! Einen Hungertest, der sein Widerwärtiges hat, selbst wenn er dem Fortschritt der Wissenschaften dient, überstand ich mit Isas Hilfe ohne gesundheitliche Schäden: Heimlich fütterte sie mich mit Schabefleisch und Kaffeesahne, und ich fraß, was sie mir anbot, obwohl ich in meiner wissenschaftlichen Objektivität ihren Zorn auf die Experimente ihres Vaters natürlich nicht teilen konnte. Der Aufgabe, fortschreitenden Kräfteschwund zu simulieren, entledigte ich mich glänzend, bis hin zu einem täuschend echten Zusammenbruch am siebenten Tag. (Erwähnenswert scheint mir die Erfahrung, daß man jede Spur von Erinnerung an eine eben genossene Mahlzeit nicht nur aus seinem Kopf, sondern auch aus seinem Magen- und Darmtrakt vertreiben muß, wenn man glaubwürdig vor Hunger zusammenbrechen will.) Isa mißt mich seitdem mit eigenartigen Blicken, das ist wahr. Beiläufig bemerkt, hatte ich in jener Hungerwoche mehr als ein Pfund zugenommen (ich wiege mich regelmäßig auf Frau Anitas Schlafzimmerwaage, wenn ich auch nicht so albern bin, mir eine Gewichtstabelle an die Wand zu nageln). Der Frühling, der gerade ausgebrochen war, half mir, meine schöne schlanke Gestalt binnen kurzem wiederzugewinnen, und ich lebe nun wieder, wie es meinem Bildungsstand entspricht.

Bewußten Widerstand setzte ich allerdings dem Versuch des Dr. Fettback entgegen, bei Gelegenheit des geschilderten Experiments auch meinen Defäkationstrieb zu reglementieren. Mich entleeren zu können, wann immer ich das Bedürfnis verspüre – das halte ich doch für eine der Grundlagen der Katerfreiheit; mein Professor scheint, was die Grundlagen der Menschenfreiheit betrifft, anderer Ansicht zu sein; jedenfalls sieht er unglücklich genug aus, wenn er morgens um sieben – das ist die Zeit, die Dr. Fettback ihm zugewiesen hat – unverrichteter Dinge von der Toilette kommt. In letzter Zeit allerdings hat er sich, der Arme, immer fröhlich und erlöst gestellt und geht lieber später am Tag einmal heimlich oder, wie ich zu vermuten Anlaß habe, oft genug gar nicht, seit Frau Anita eines Morgens zu ihm gesagt hat: Nicht einmal das kannst du, wenn du willst! Erwähnte ich schon, daß Frau Anita mich »Kater« nennt? Es ist ja nichts Falsches an dieser Anrede. Doch welcher Mensch ließe sich gerne mit »Mensch« anreden? Wenn man nun einmal einen eigenen Namen hat, in meinem Falle also »Max«, so irritiert es einen, wenn einem diese allerpersönlichste, das Individuum erst von der Gattung unterscheidende Benennung vorenthalten wird. Da lasse ich mir eher noch jene gewiß nicht korrekte, aber wohlmeinende Anrede gefallen, für die Isa sich entschieden hat. »Maximilian« ruft sie mich, das sei ein Kaiser gewesen, ich fand ihn im Lexikon und war es schließlich zufrieden: Gewiß, ritterlich ist mein Wesen von den weißen Spitzen meines schönen Bartes bis zur letzten meiner scharfen Krallen, und so soll es bleiben, auch wenn jene schon erwähnte schwarze Katze von der Idee behext ist, daß meine Großmut Schwäche sei. Oh, wenn ich wollte, wie ich könnte! »Mein kleiner Tiger« nennt Frau Anita mich manchmal, was ich so ungern nicht höre, und die Musterung meines Gesichts, beigeschwarz von Nase und Maul strahlenförmig sich ausbreitend, beweist die Raubtierherkunft meines Geschlechts. Grau dagegen, wie die Menschen behaupten – grau bin ich nicht; ihre stumpfen Sinne können der feinen, abwechslungsreichen Zeichnung meines Fells nicht gerecht werden: schwarze Längsstreifen auf dem Rükken, die an den Flanken in grauschwarz-bräunliche Ornamente übergehen, eine aparte Ringelung auf der Brust und die Dunkel-Hell-Schattierung der Beine, die sich am Schwanz wiederholt: Genauso hat mein verehrter Ahnherr, der Kater Murr, sich der Umwelt präsentiert, und meine innerste Überzeugung ist es, daß man so und nicht anders aussehen muß, wenn man zu Bedeutung kommen will.

Mein Leser, mein unbekannter Freund aus dem nächsten Jahrhundert, hat längst bemerkt, daß ich mich frei in Raum und Zeit bewege. Die Chronologie stört. So folge er mir denn zurück zu jenem Stückchen Zaun zwischen Gesträuch von Symphoricarpus albus, im Volksmund Schneebeere genannt, wo an besagtem Nachmittag jene schwarze Katze mir den wahren Ausspruch: Der Kater ist geheimnisvoll! so sehr verübelt hat. Binnen unglaublich kurzer Zeit zischte sie nämlich und fauchte eine gerüttelte Menge von Beleidigungen gegen mich, die ich alle zu überhören hatte. Längst habe ich es aufgegeben, jener verführerischen, aber in sexueller und anderer Hinsicht hemmungslosen Katze klarzumachen, daß ihre Aggressivität die schwach entwickelte Sublimierung ihrer Triebe verrät und daß ihre Herrschaftsgelüste höchstwahrscheinlich von jener fatalen Namensgebung herrühren, welche ihre Kindheit überschattete und die Komplexe ins Kraut schießen ließ, die sie nun an mir abzureagieren sucht.

Dies ist der Augenblick, es auszusprechen: Jene Katze heißt Napoleon. Man weiß, daß die mangelhaften physiologischen Kenntnisse der Menschen mit ihrem Wunsch zusammenhängen, hilfreich und gut zu sein und ihre Herkunft aus dem Tierreich zu vergessen. Erwägt man außerdem ihre verständliche Bevorzugung des männlichen Geschlechts, so glaubt man die Gründe für die Fehldiagnose zu kennen, die jener verhängnisvollen Namensgebung vorausgegangen sein muß. Immerhin: Wieso gerade Napoleon? Ein Hang zum Masochismus? Der kaum verdrängte Wunsch, in der Namensgebung eigene imperatorische Neigungen an dem unschuldigen Tier abzureagieren?

Doch steht zu bezweifeln, daß die Familie Beckelmann, unsere Nachbarn, die Motive für ihr Tun und Lassen aus psychologischer Literatur zieht wie unsereins. Man kann sich des Eindrucks nicht erwehren, daß diese Leute schnurstracks ihren Gefühlen folgen (dies vermutet auch Frau Anita), Kinder in die Welt setzen (die Jungen Joachim und Bernhard und das Mädchen, das merkwürdigerweise von allen Kindern in der Umgebung »Malzkacke« genannt wird, obwohl es sich doch nun dem siebzehnten Lebensjahre nähert und nicht weiß, wie kurz es die Röcke noch tragen soll, darin hat Frau Anita recht) und, wenn es ihnen nicht mehr paßt, einfach wieder auseinanderlaufen. Wer kann das schon! sagt Frau Anita; und dann noch weiter in einer Wohnung zusammen wohnen, nach der Scheidung, wie Frau und Herr Beckelmann es seit nunmehr drei Monaten tun. Das könnt ich nicht, sagt Frau Anita, nie und nimmer, und ich füge hinzu: Auch ich könnte es nicht. Denn der kaffeebraune Trabant des neuen Verehrers der Frau Beckelmann hält nun zu jeder Tages- und Nachtzeit vor der gemeinsamen Türe des ehemaligen Ehepaars, und jene obszöne Hupe ertönt, die Frau Anita haßt wie nichts sonst auf der Welt. Mit eigenen Augen habe ich schon Herrn Beckelmann das Fenster öffnen sehen, habe ihn – in freundschaftlichstem Tone! – seinem Nachfolger Bescheid geben hören, seine Frau sei nicht zu Hause, worauf dieser dankend an seine Ledermütze tippte, eine in Seidenpapier gewickelte Flasche aus dem Wagen holte und dem Bauarbeiter Beckelmann vorschlug, gemeinsam ein Glas zur Brust zu nehmen. Dies heißt denn wohl doch, die Laxheit in moralischen Fragen zu übertreiben.

Napoleon, um darauf zurückzukommen, interessiert sich leider nicht für eine tiefenpsychologische Erörterung der Ursachen jener Namensgebung. Ihr sei es ganz egal, wie sie heiße, behauptet sie. Nicht egal dagegen sei ihr mein Hang, mich unter dem Vorwand wissenschaftlicher Aufgaben den elementarsten Vaterpflichten zu entziehen. Dies ist eine überaus gereinigte und abgekürzte Wiedergabe ihrer langen Rede, in deren Verlauf ich zu dem bewährten Mittel griff, mich niederzulegen, jedes meiner Glieder zu entspannen und mir jene süßen Befehle zu geben, die, gut in die Reflexbahnen eingeschliffen, ihre Wirkungen nie verfehlen: Ich bin ganz ruhig, sagte ich mir. Meine Glieder sind schwer und warm (in der Tat: das waren sie!). Mein Puls schlägt ruhig. Die Stirn ist angenehm kühl. Solarplexus strömend warm. Ich bin glücklich. Das Leben ist schön.

Im April dieses Jahres noch hatte die Katze Napoleon die Macht, mich leiden zu lassen. Inzwischen habe ich gelernt, daß Leiden und Ängste immer aus Lüsten entspringen und daß der sicherste Weg, jene loszuwerden, die Befreiung von diesen ist. Voilà. Es ist erreicht. Zu spät, könnte man einwenden, denn mein ungezügelter Trieb hatte schon Folgen gezeigt. Ich schäme mich nicht, hier vor aller Nachwelt zu bekennen, daß mein naives Vaterherz höher schlug, als eines Morgens die Katze Napoleon mit vier Jungen in die Barzelsche Küche einzog, possierliche Geschöpfe, von denen zwei mein genaues Ebenbild waren. Insgeheim stolz auf diesen schönen Beweis der Mendelschen Erbgesetze, fand ich doch keine Zeit zu genetischen Meditationen oder zum wirklichen Erfassen der Napoleonischen Taktik, mit unschuldigster Miene unter der Tarnung der Mutterschaft unangefochten das innerste Innere meines eigenen Bezirks zu betreten: So sehr konzentrierte ich mich darauf, den Schock zu mildern, den die Barzelsche Familie durch den Umstand erlitt, daß ein für männlich gehaltenes Tier Junge gebar. Mein Professor, der um einige bezeichnende Sekunden später als Frau Anita die Lage erfaßte, blickte mir ohne Vorwurf, aber fragend in die Augen. Ich, ausgerüstet mit dem Wissen des aufschlußreichen Buches »Liebe ohne Schleier«, das unter Isas Kopfkissen liegt, blickte mannhaft zurück. Mein Professor verzieh mir.

Die Tochter Isa, das muß ich sagen, schlug ein unpassendes Gelächter an. Man verwies es ihr. Frau Anita aber trieb ihren Irrationalismus so weit, der Katze Napoleon – die sie albernerweise mit gespitzten Lippen meine Frau nannte! – den Rest der Nierchen in meinem Napf anzubieten: Stillende Mütter hätten immer Hunger.

Doch genug der Plauderei aus der Intimsphäre.

Ich gehe wohl nicht fehl in der Annahme, daß die Buchstabenverbindung SYMAGE auch dem letzten Zeitgenossen bekannt sein dürfte, so daß ich sie eigentlich nur für die Bewohner eines anderen Sterns übersetzen muß, denen in ferner oder naher Zukunft meine Arbeiten immerhin in die Hände fallen könnten: SYSTEM DER MAXIMALEN KÖRPERLICHEN UND SEELISCHEN GESUNDHEIT. Man versteht, daß es sich um eine Unterabteilung von TOMEGL handelt, und ich hatte das namenlose Glück, im Haushalt desjenigen Mannes gebildet zu werden, der SYMAGE erfunden hat und heute noch leitet. Bei meinem Erscheinen im Barzelschen Hause war die Arbeit daran im vollen Gange. Alle Faktoren, die zur körperlich-seelischen Gesundheit nötig oder derselben abträglich sind, waren in einer gewaltigen Kartei zusammengetragen, die, imponierend genug, als ein Block von sechsunddreißig weißen Kästen eine ganze Wand im Arbeitszimmer des Professors einnimmt und zur Nacht durch Eisenstangen blockiert und obendrein versiegelt wird. Die drei Wissenschaftler, in deren Gegenwart ich nicht nur lesen und schreiben lernte, sondern auch meine mathematischen, logischen und sozio-psychologischen Spezialstudien begann, arbeiteten angespannt daran, die Fülle der einzelnen Informationen zu einem in sich geschlossenen System – SYMAGE eben – zu vereinigen. Bald schon sah ich mich in der Lage, ihnen dabei nützlich zu sein, ohne allerdings je meinen eisernen Grundsatz zu durchbrechen, der da lautet: Verbirg deine segensreiche Tätigkeit vor jedermann. Mein Arbeitsfeld wurde die Kartei, in deren einzelnen Kästen wie Soldaten in Reih und Glied die weißen, rosa und gelben Karten schlummern, bis sie herausgezogen und aufgerufen werden, unter der Führung der Schlagwörter, die an der Stirnseite ihrer Kästen stehen, für SYMAGE in den Kampf zu ziehen. Der Schlagwörter sind viele: Lebensgenüsse etwa oder Zivilisationsgefahren oder Sexualität, Familie, Freizeit, Ernährung, Hygiene – kurz: Das Studium dieser Karten allein lehrt ein außermenschliches Wesen alles über das Leben der menschlichen Rasse. Eines Tages nun wurde ich bei diesen Studien von meinem Professor überrascht, und da ich weiß, daß auch er an dem menschlichen Vorurteil von der Bildungsfähigkeit der Tiere hängt, steckte ich die Karte, die ich gerade in den Pfoten hielt, blitzschnell in den nächsten besten offenen Kasten und stellte mich schlafend. So geriet denn die »Anpassungsfähigkeit«, die ich dem Kasten »Soziale Normen« entnommen hatte, unter die »Lebensgenüsse«, und mein Professor, der diesen Einfall natürlich sich selbst zuschrieb, nannte ihn genial und machte ihn zu einem Stützpfeiler von SYMAGE. Durch diesen Erfolg ermutigt, begann ich eine systematische Tätigkeit zur Herbeiführung schöpferischer Zufälle, so daß ich mich heute ohne falsche Scham einen der Gründer von SYMAGE nennen kann.

Worum geht es uns denn? Um nichts Geringeres als die erschöpfende Programmierung derjenigen Zeitfolge, welche die Menschen mit dem antiquierten Wort LEBEN belegt haben. Es ist unglaublich, aber wahr – dies sage ich für meine späteren Leser aus anderen Galaxien –, daß sich unter der Menschheit bis in unser Jahrhundert hinein ein lässiges, ja mystisches Verhältnis zu dieser Zeitspanne halten konnte; die Folge davon waren Unordnung, Zeitverschwendung, unökonomischer Kräfteverschleiß. So half SYMAGE einem dringenden Bedürfnis ab, indem es ein logisches unausweichliches, einzig richtiges System der rationellen Lebensführung unter Anwendung der modernsten Rechentechnik erarbeitete. Es ist kein Wunder, daß meines Professors Gesicht bei dem Wort Computer von innen her zu leuchten beginnt – ein ergreifender Anblick, der allerdings den Dr. Hinz, dessen Fachgebiet doch die Kybernetik ist, zu seinem mokanten Lächeln veranlaßt und zu der Bemerkung, man solle der Rechenautomatik nicht auf ähnlich verzückte Weise gegenüberstehen wie die ersten Christen ihrer Heilslehre. Mein Professor, ein beherrschter Mensch, hat schließlich den um zehn Jahre Jüngeren daran erinnern müssen, daß er, Hinz, kürzlich auf einer großen Konferenz sich ganz und gar in seinem, Barzelschen, Sinne geäußert, also von den unbegrenzten Möglichkeiten des Einsatzes von Rechenautomaten bei der Simulierung gesellschaftlicher und nervaler Prozesse gesprochen habe. Da vertiefte sich das Hinzsche Grinsen noch, und er verstieg sich zu der Behauptung, auch die

Päpste hätten ja jahrhundertelang wie Sachwalter Christi gesprochen, ohne selbst Christen zu sein: Macht über Gläubige übe auf die Dauer nur der Ungläubige aus, weil er allein seinen Kopf zum Denken frei habe und seine Hände zum Handeln.

Mein Professor, den rein ethische Beweggründe leiten, konnte und wollte diesen unpassenden Vergleich natürlich nicht auf sich beruhen lassen. Ich freute mich schon darauf, wie er diesen Nihilisten – denn was ist ein Mensch, der an nichts glaubt? – brillant widerlegen würde, da griff der Hinz zu einem unfairen Mittel, indem er verschlagen fragte, ob nicht auch er, Professor R. W. Barzel, mit ihm der Meinung sei, daß die Menschheit zu ihrem Glück gezwungen werden müsse?

Dies ist, muß man wissen, die letzte Erkenntnis, die eine freiwillige Erprobung von SYMAGE in mehreren Landkreisen dem Schöpferkollektiv vermittelt hat: Nur eine kleine Gruppe von Versuchspersonen, die hospitalisiert und streng überwacht wurden, konnte man veranlassen, die Grundsätze von SYMAGE über drei Monate schlecht und recht zu befolgen. Alle anderen, die übrigens die absolute Vernünftigkeit des Systems nicht bestritten, eilten gleichwohl von einer Übertretung der wohltätigen Vorschriften zur nächsten, und es soll Personen gegeben haben, die, vorher an solides, gesundes Leben gewöhnt, unter dem Druck der Gebote und Verbote von SYMAGE einem ausschweifenden Lebenswandel in die Arme taumelten. So daß die Frage des Dr. Hinz den wundesten Punkt unseres Systems berührte und mein Professor, dessen schönste Eigenschaft der Mut zur Wahrheit ist, nur mit einem wenn auch leisen, so doch deutlichen Ja darauf antworten konnte, in die Stille seines Arbeitszimmers hinein.

Da begriff ich: Diese unerschrockenen Männer, welche die Menschheit vom Zwang zur Tragödie befreien wollen, müssen sich selbst in tragische Verstrickungen begeben. Der entscheidende Schritt ins TOMEGL kann bei der gegenwärtigen Unreife großer Teile der Menschheit nicht anders geschehen denn durch Zwang. Die aber den Zwang ausüben müssen, sind harmlose Menschen wie diese drei, die, anstatt immer nur den anderen voranzuschreiten, doch auch lieber ein wenig länger schlafen, ihr Gesicht tagsüber hin und wieder in die Sonne halten und abends nach einer anregenden Fernsehsendung ihrer Frau beiwohnen möchten. Ich hatte Märtyrer vor mir! Diese Erkenntnis machte mich ungeheuer müde, so daß ich meinen Kopf auf die Pfoten legte und mich einer süßen Traurigkeit hingab, die regelmäßig zu der angenehm ziehenden Frage führt, wohin eigentlich unser armes Sonnensystem im unendlichen Weltall unterwegs ist, und dann in einen erquickenden Schlaf mit kosmischen Träumen übergeht. (Eine Beobachtung übrigens, die mir Dr. Fettbacks Behauptung, Träume jeglichen Inhalts erklärten sich aus Störungen der Darmperistaltik, nicht vollkommen schlüssig erscheinen läßt.)

Ich schlief also und versäumte es zu beobachten, was die drei aus meiner Eingebung machten, die Karte »Elternliebe« in den Kasten »Zivilisationsgefahren« einzuordnen. Sie machen immer etwas daraus, denn die Kartei ist durch eine autorisierte Kommission von TOMEGL bereits überprüft und abgenommen, so daß sie um keinen Preis mehr verändert werden darf, am wenigsten eigenmächtig.

Nun habe auch ich meinen Wissenschaftlerstolz. Als ich meinen Professor einmal beim Mogeln ertappte – verstohlen hatte er die Karte »erworbene eheliche Impotenz«, die ich unter »Genußmittel« gesteckt hatte, nach einigem Kopfschütteln wieder in den Kasten »Sexualstörungen« zurückbefördert –, mußte ich natürlich auf meinem Einfall bestehen. Mein Professor, als er die Karte ein zweites Mal am falschen Ort entdeckte, hatte sich am liebsten bekreuzigt; warum er aber erbleichte wie ein ertappter Sünder, das weiß ich nicht.

Bekanntlich bauen manche Theoretiker ihre ganze – um es gleich zu sagen: dürftige! – Lehre von den Kriterien zur Unterscheidung von Mensch und Tier auf der Behauptung auf, Tiere könnten weder lächeln noch weinen. Dies stimmt zwar, soweit ich sehen kann. Jedoch: Lächelt und weint denn der Mensch? In der meiner Beobachtung zugänglichen Population habe ich nichts dergleichen gefunden – jedenfalls nicht in der von jenen Forschern beschriebenen Weise.

Lachen – ja. Neulich zum Beispiel, im Arbeitszimmer meines Professors: Dr. Hinz hatte in der Sonntagsbeilage der Zeitung einen neuen Artikel seiner Serie: »Deine Gesundheit – Dein Gewinn« veröffentlicht. Er schrieb von der gesellschaftlichen Bedeutung des Angelns, und ich habe mit Unglauben und Bewunderung gelesen, daß den menschlichen Angler nicht nur der schnöde Gedanke an den Fisch als leckere Mahlzeit beflügelt, sondern vor allem der Wunsch, durch die Erholung beim Angeln eine Energiereserve zu speichern, die er am nächsten Tag an seinem Arbeitsplatz als gesteigerte Produktivität wieder ausgeben will. Angeln Sie denn? fragte mein Professor den Dr. Hinz, und als dieser entrüstet verneinte, warf Dr. Fettback ein: Er ist ja auch nicht produktiv! – Da wurde es einen Augenblick lang stille im Raum, und dann setzte jenes erwähnte Lachen ein, wie es eben zu einer schönen Gemeinschaft gehört.

Aber gelächelt – nein: gelächelt haben sie nicht.

Isa lächelt zuweilen, das ist wahr. Sie sitzt in einem Sessel, tut gar nichts und lächelt ohne jeden Anlaß ein bißchen töricht vor sich hin. Diese Beobachtung stützt meine These, daß Lächeln und Weinen infantile Überbleibsel aus der Entwicklungsgeschichte der Menschheit sind und von voll gereiften Exemplaren dieser Gattung etwa um das fünfundzwanzigste Lebensjahr herum abgestoßen werden, wie die Eidechse sich eines beschädigten Schwanzes entledigt. Diese Theorie erklärt hinreichend den unerschütterlichen Ernst der Tiere, deren Stammesgeschichte ja zweifellos unermeßlich viel länger ist als die des Menschen, so daß die Notwendigkeit, lästige Attribute loszuwerden, für sie schon viel früher bestanden haben muß. Kein Knochenabdruck wird uns mehr Auskunft darüber geben, ob der Ichthyosaurier gelächelt hat und eben deshalb, als es ums Fort- und Höherkommen ging, unterlag. Aber eben darum geht es, denn ohne dieses hohe Ziel vor Augen würde auch mein armer Professor ganz gewiß lieber in aller Ruhe seine Rosen züchten. – So drückt er sich aus, rein metaphorisch, denn von Rosen versteht er nichts, und Frau Anita ist doch wieder auf Beckelmanns angewiesen, deren gemeinsame Rosen auch nach der Scheidung gedeihen, was Frau Anita und mir bei der Sensibilität dieser Blume ein Rätsel ist.

Frau Anita träumt allerdings nachts von schwarzen Katern, was sicherlich nicht nur eine Folge der Fettbackschen Rohkostsalate ist, sondern nichts anderes ausdrückt als ihren unbewußten Wunsch, ich möge aussehen wie Napoleon. Der Mensch kann zwar angeblich nichts für seine Träume, aber das kränkt mich doch. Mein Professor kommt jetzt immer sehr spät nach Hause, wenn überhaupt, und Frau Anita fragt ihn natürlich, was er

Tag und Nacht treibe. Er stecke mitten in kompliziertesten Berechnungen, erwidert mein Professor, und er brauche seinen kleinen Computer im Institut, bei dem er denn auch hin und wieder übernachte. Na, viel Vergnügen, sagt Frau Anita böse, ohne zu bemerken, wie die neue Arbeitsphase an den Nerven ihres Mannes zerrt. Selbst ich, der sich glücklich schätzte, ihm bisher in wenn auch bescheidener Weise hilfreich zur Hand gehen zu können – jetzt muß auch ich ihn allein lassen, Auge in Auge mit seinem großen Projekt.

Daß er sich überanstrengt, muß jeder sehen. Sein Garten, den er nicht aus Passion, aber aus Ordnungsliebe sonst in musterhaftem Zustand gehalten, verwildert seit Wochen. Er selbst, konstitutionell zum asthenischen Typus zählend, magert nun vollends ab. An die Innenansicht seines Magens wage ich gar nicht zu denken.

Was er will, ist übermenschlich, und er weiß das.

SYMAGE, habe ich ihn sagen hören, wird vollkommen sein und absolut gelten, oder es wird nicht sein.

Dieser schlichte Satz ließ mich erschauern. Aber wie wahr ist er doch! Ein fehlerfreies System wäre eine unsinnige Erfindung, denn Fehler kann man auch ohne System haben, soviel man will. Dies beweist leider der Verlauf der menschlichen Geschichte. Ein fehlerfreies System aber, wie SYMAGE es zweifellos ist, muß zugleich für jedermann verbindlich sein, denn wer könnte die hohen volkswirtschaftlichen Verluste, die durch Nichtanwendung des Systems entstünden, weiterhin verantworten? Wer den Zeitverlust bis zur vollständigen Einführung von TOMEGL vor der kommenden Generation verteidigen, die allerdings, wenn ich von Isa auf alle schließen darf, den Anstrengungen ihrer Väter nicht den rechten Dank weiß...

Wie soll man es sonst deuten, daß Isa, kaum hat ihr Vater angekündigt, er werde wieder bei seinem kleinen Computer schlafen, und kaum hat Frau Anita daraufhin das Haus mit einem Handköfferchen verlassen, um bei einer Freundin zu nächtigen – daß Isa also telefonisch sieben Typen männlichen und weiblichen Geschlechts zusammenruft, um eine jener »Party« genannten Zusammenkünfte abzuhalten, die immer sehr laut und sehr dunkel sind und vor denen ich mich in den Keller oder in den Garten zurückziehe? Fünf weiße Gestalten sah ich nach Mitternacht in das Schwimmbassin springen, und dies kann, so schwül diese Nacht gewesen sein mag, keine zivilisierte Art und Weise genannt werden, sich Abkühlung zu verschaffen. So jedenfalls hat Isas Vater, mein Professor R. W. Barzel, sein Befremden ausgedrückt, als er unvermutet doch noch zu Hause auftauchte, ein Bild männlicher Verzweiflung übrigens im trüben Schein der Gartenbeleuchtung, und ohne Schlips, was sonst seine Art nicht ist. Befriedigt sah ich die Schwimmbassinspringer, notdürftig bekleidet, einigermaßen beschämt davonschleichen. Isa aber zerschmetterte zuerst einige teure Rosenthaler Tassen vor der Haustür, schloß sich dann in ihr Zimmer ein und rief ihrem Vater, der an der Tür rüttelte, mit schriller Stimme zu: Fortschrittsspießer!

Ich traute meinen Ohren nicht. Dieses Mädchen hat mich gefüttert, als man mich mit wissenschaftlicher Akribie kurzhielt. Sie kennt als einzige jene Stelle unter meinem Kinn, an der gekrault zu werden mir den höchsten Genuß verschafft. Und doch gebe ich der Wahrheit die Ehre und sage: Ihr Verhalten ist unentschuldbar. Von jenem Abend, dessen bin ich sicher, datiert, vor allen geheimgehalten außer natürlich vor mir, meines Professors Beschäftigung mit seinem technischen Hobby, einem einfachen Regelsystem, das, von einem einzigen Zentrum aus gesteuert, mit einem Freiheitsspielraum von plus minus null in genau voraussagbarer Weise auf Reize antwortet: ein vollkommenes Reflexwesen. Der Vorteil eines solchen Modells für den Experimentator liegt auf der Hand. Sein Nachteil – mangelnde Anpassungsfähigkeit an wechselnde Umweltbedingungen – könnte durch eine absolut stabile Umwelt ausgeglichen werden. SYMAGE (das System der maximalen körperlichen und seelischen Gesundheit) – plötzlich ging mir ein Licht auf – wäre die ideale Umwelt für ein Reflexwesen. Warum aber trieb mein Professor diese Forschungen wie ein Dieb bei vorgezogenen Vorhängen im Schutze der Nacht? Warum verschloß er seine Unterlagen sorgfältig in einer eisernen Kassette? Warum scheute er sich, die Ergebnisse seinen Mitarbeitern vorzulegen, die inzwischen in mühevoller Kleinarbeit einen lückenlosen Katalog aller menschlichen Eigenschaften und Fähigkeiten zusammenstellten? Dr. Hinz, mag er sonst sein, wie er will, leistete in diesen rastlosen Wochen Außerordentliches. Ihm verdanken wir die Methode der Parallelschaltung der unverrückbaren Daten von SYMAGE mit den Daten des Katalogs aller menschlichen Eigenschaften. Beides, auf komplizierte Weise ineinandergerückt, gab man Heinrich ein, so heißt unser kleiner Computer. Was er geantwortet hat? Oft und oft habe ich den schicksalsschweren Papierstreifen auf meines Professors Schreibtisch gelesen: AUFGABE FALSCH GESTELLT. EINANDER AUSSCHLIESSENDE REGELKREISE NICHT ZU EINEM FUNKTIONSFÄHIGEN SYSTEM ZU VEREINEN. HERZLICHEN GRUSS HEINRICH.

Heinrich sei ein hirnloses Wesen, sagte mein Professor in

der ersten Rage. Er fuhr extra zu dem großen Rechner in die Hauptstadt, der viel zu seriös ist, um anders als GRA 7 zu heißen, und der seinen Kunden für eine Rechenminute tausend Mark abverlangt. Dr. Hinz allerdings, dessen Amt ja die Automatenspeisung ist, war schon nach einer halben Minute, etwas bleich, wieder draußen. Frau Anita fand, bleich müsse Dr. Hinz gut stehen, als mein Professor ihr abends alles erzählte. Auf dem Streifen, den Dr. Hinz in der Hand hielt, stand, hochnäsig wie diese arrivierten Computer sind, ein einziges Wort, einen halben Meter lang: NEIN NEIN NEIN NEIN NEIN …

GRA 7 ist also ein Pessimist. Uns allen wollte es nicht in den Kopf, daß seinen Konstrukteuren ein solcher Fehler unterlaufen konnte. Dr. Fettback schlug eine Beschwerde an das Zentrale Automatenkonstruktionsbüro vor, aber da man weiß, daß sie dort mit gewöhnlichen Sterblichen überhaupt nicht verkehren, riet mein Professor ab. Ich konnte es nicht ertragen, ihn so deprimiert zu sehen, und zögerte daher nicht, den dummen Papierstreifen während der unbeobachteten Mittagsstunde in das Beckelmannsche Grundstück zu tragen, wo er bezeichnenderweise keine Depression auslöste, sondern von dem kleinsten der Jungen als Krawatte um eine eben erblühte rosarote Rose gebunden wurde. Napoleon und Josephine (mein jüngstes Töchterchen: in allem das Ebenbild ihrer Mutter) machten mir schadenfroh davon Mitteilung.

Mein Professor aber begann zu meiner Bestürzung diesen unheilvollen Streifen wie einen Schatz zu suchen, auf Grund der krankhaften menschlichen Neigung, jedes Unglück in Akten zu verwandeln, gerade so, als höre es dann auf, Unglück zu sein. (Aus meinem »Leitfaden für den heranwachsenden Kater«: Berührung mit Akten ist gesundheitsschädlich!) Mein Professor also durchstreifte verzweifelt Haus und Garten, blickte auch über Beckelmanns Zaun und sah das Mädchen Malzkacke bei den Rosen. Ein banales Bild, ich schwöre es bei meinem guten Geschmack. Was meinem Professor plötzlich die Stimme so verändert hat, ist mir unbegreiflich. Oh, sagte er mit dieser veränderten Stimme, welch schöne Rosen. Dies mag ja wahr sein, ich mache mir nichts aus Blumen. Aber den weißen Papierstreifen an der größten Rose übersah er glatt. Ja, sagte Malzkacke, in der gleichmütigen Art, in der junge Mädchen heutzutage mit erwachsenen Männern reden. Schöne Rosen. Die schönste aber sagt NEIN NEIN NEIN. Und sie übergab dem Professor den Streifen, den er gar nicht ansah; er seufzte töricht und behauptete, er hoffe das strenge Urteil der schönsten aller Rosen zu erweichen. Und dann fragte er Malzkacke, ob sie immer noch Regine heiße, und da diese Frage natürlich bejaht wurde, wollte er wissen, ob auch sie ihre Rosen mit »Wachsfix« dünge. Regine (was für ein Name wieder!) verneinte. Sie dünge Rosen überhaupt nicht. Daraufhin tat mein Professor den rätselhaften Ausspruch: Glückliche Hände! und ging ins Haus, wo er den Computerstreifen einfach in den Papierkorb warf, so daß ich den ganzen Korb umwerfen mußte, um an den Streifen zu gelangen und ihn auf des Professors Schreibtisch zurückzulegen. Frau Anitas unangemessenen Zornesausbruch über das verstreute Papier ignorierte ich natürlich und gab mich ganz der Sorge um meinen gewiß erkrankten Professor hin – eine Sorge, die durch den Verlauf der Ereignisse nur allzu rasch bestätigt wurde.

Inzwischen fanden die drei Männer, die die ganze Last der Verantwortung für den unverzüglichen, volkswirtschaftlich effektiven Einsatz von SYMAGE trugen, in erregenden Sitzungen mit Hilfe von Heinrich heraus, daß die einzige Variable in ihrem Systemkomplex die Größe MENSCH war. Sie brauchten länger zu dieser Einsicht als ein Unvoreingenommener, ich zum Beispiel; ihr zähes Festhalten an Vorurteilen über unabdingbare Bestandteile des menschlichen Wesens – ein Mythos – war fast mitleiderregend, verzögerte aber die Nutzbarmachung von SYMAGE. Immerhin: Die Idee des Normalmenschen reifte heran. Es war ein großer Augenblick, als dieser Begriff zum ersten – und übrigens auch zum letzten Mal   in ciner Mitternachtssitzung fiel. Und ich kann sagen, ich bin dabeigewesen.

In die beklommene Stelle hinein sagte Dr. Hinz, als spräche er über Alltäglichstes: Nennen wir ihn doch NM. – Dr. Fettback, der mir ein wenig bedrückt vorkam, stimmte überstürzt zu: Dies erleichtere manches. In dieser Sekunde begriff ich, daß die Menschen ihre Sprache nicht nur dazu verwenden, sich einander verständlich zu machen, sondern auch dazu, schon Verstandenes wieder vor sich zu verbergen. Eine Erfindung, die ich nur bewundern kann.

Sie gingen also daran, den Katalog des Menschlichen von allem Überflüssigen zu säubern. Es ist kaum zu glauben, wie vieles sie auf einen Ritt über Bord werfen konnten. Hoffnungsfroh fütterten sie Heinrich mit den neuen Daten. Er soll sich große Mühe gegeben haben, weil die Aufgabe ihm Spaß zu machen schien. Doch am Ende erklärte er bedauernd: HEINRICH KANN NICHTS MACHEN. Dann entschlossen die drei sich zu einem Datenkatalog, den Dr. Fettback weinerlich als die unterste Grenze bezeichnete (bei dieser Gelegenheit stellte sich heraus, daß der Doktor zu Hause Bücher liest und sich Klassi-

kerzitate zur Richtschnur für sein eigenes Leben nimmt).
Heinrich aber sagte betrübt: WEG RICHTIG, ZIEL WEIT.
Da schlug Dr. Hinz vor, den Computer zu necken und
den ganzen Komplex »schöpferisches Denken« versuchsweise zu amputieren. BRAVO, schrieb Heinrich, NICHT
ZURÜCKWEICHEN!
Ein Geniestreich, sagte mein Professor. Aber was
machen wir jetzt? Vor allem, sagte Dr. Hinz, solle man
sich nicht in den Gedanken an einen antagonistischen
Widerspruch zwischen dem Verlust des schöpferischen
Denkens und der Definition Mensch verrennen. Da
erklärte Dr. Fettback, höchstes Glück der Erdenkinder
sei stets die Persönlichkeit, und zur Persönlichkeit
gehöre schöpferisches Denken, das er, Fettback, bis zum
letzten Blutstropfen verteidigen werde. – Und wenn eine
wissenschaftliche Konferenz anders entscheide? fragte
Dr. Hinz. – Ja – dann! sagte Fettback. Er sei doch kein
eigensinniger Sonderling. Die Konferenz, die auf Betrei-
ben Professor R. W. Barzels zusammentrat, entschied
durch Mehrheitsbeschluß, daß schöpferisches Denken
zum Menschenbild gehöre und in Literatur und Kunst zu
propagieren sei: daß man aber zu wissenschaftlichen
Versuchszwecken davon absehen könne.
Dies hörte ich meinen Professor am Abend Frau Anita
berichten. Sie aber, die ihre Apricot-Brandy-Flasche
jetzt in ihrem Nachtschrank aufbewahrt, folgte seinem
Gedankenflug nicht und wollte nur wissen, ob Dr. Hinz
wieder seine schöne rote Weste angehabt habe. Darauf
hatte mein Professor natürlich nicht geachtet, und Frau
Anita sagte träumerisch: Er hat so eine schöne weinrote
Weste...
Nun fehlte nur noch der Einfall meines Professors, den
Begriff »Persönlichkeitsformung« einzuführen, damit

die Arbeit rasch in Fluß kam. (Überflüssig zu sagen, daß ich von Anfang an mein bescheidenes Scherflein beitrug. Die Karten, die ich entfernte, brachte ich in den Heizungskeller zum Altpapier, wo sie vor jeder Entdeckung sicher waren. Ich ging umsichtig zu Werke und nahm nur gelbe Karten, die ohnehin Nebeneigenschaften bezeichnen, von denen aber der Mensch, so überflüssig sie sind, sich nur schwer zu trennen scheint, wie »Wagemut«, »Selbstlosigkeit«, Barmherzigkeit« und so weiter.) Man unterschied jetzt also zwischen »geformten« und »ungeformten« Persönlichkeiten. Die von den drei Wissenschaftlern geformten näherten sich langsam, aber sicher dem Idealbild Heinrichs. Die ungeformten, aus denen die Masse der Menschen heute leider noch besteht, konnten als anachronistisch unberücksichtigt bleiben.

So wurde ein Haufen unnützer Plunder dem Menschen, der geeignet war, der Wohltat von SYMAGE teilhaftig zu werden, allmählich weggeformt. Dr. Hinz bekannte, daß wir uns seinem Gefühl nach endlich einem Zustand von Wahrheit näherten, denn: Wahrhaftig sein heiße das Kriterium der Brauchbarkeit erfüllen. Heinrichs Auskünfte indessen, die eine Zeitlang ermutigend klangen, stagnierten an einem bestimmten Punkt. Wir kamen ihm entgegen. Wir entfernten Überzeugungstreue – welcher Art von Überzeugung soll ein Mensch in einem vollkommen eingerichteten System treu sein müssen? Wozu braucht er Phantasie? Schönheitsempfinden? Wir kamen in einen wahren Rausch, strichen und strichen und erwarteten mit zum Zerreißen gespannten Nerven Heinrichs Bescheid. Was aber sagte der? SO KOMMEN WIR NICHT WEITER. ICH BIN TRAURIG. EUER HEINRICH. Selten hat uns etwas so gerührt wie die Trauer dieser Maschine. Um ihn nur wieder froh zu machen, wollten wir gerne bis zum Äußersten gehen. Was aber war das Äußerste?

Vernunft? fragte Dr. Fettback zaghaft. – Kann lange weg, sagte Dr. Hinz, ist sowieso nur eine Hypothese und keine Eigenschaft. Aber das Lamento, wenn man es öffentlich zugibt! Dabei sah er mit seinem zähen Blick Frau Anita nach, die mit leeren Tassen aus dem Zimmer ging und sich eine merkwürdige Art, ihre Hüften zu schwenken, angewöhnt hat.

Sexus, schlug Dr. Fettback nun errötend vor, während er aus Versehen in ein Schinkenbrot biß. Er erntete Schweigen. Ratlos gingen wir auseinander. Wir saßen mitten in der Krise, da gab es keinen Zweifel. Abends, kurz vor der Dunkelheit, die angeblich alle Katzen grau macht (was nicht stimmt), stöberte ich meinen Professor im Gesträuch zwischen dem Barzelschen und dem Beckelmannschen Garten auf. Er richtete das Wort an mich. Max, sagte er zu mir. Max – sei froh, daß du kein Mensch bist! Dieser Aufforderung hätte es wahrlich nicht bedurft. Was aber wollte er denn sein? Ein Kater etwa? Diese Vorstellung verletzte mein Gefühl für Schicklichkeit.

Mein Professor hat wahren Heldenmut bewiesen. Er hat, ich weiß es, »Vernunft« und »Sexus« aus der geformten Persönlichkeit entfernt und sie dann erneut durch den Computer gejagt. Als geschlagener Mann ist er nach Hause gekommen. Heinrich hat den zornigen Satz ausgestoßen: VERSCHONT MICH MIT HALBHEITEN! In dieser Nacht, endlich, holte mein Professor das Reflexwesen aus der Kassette, um seine Daten mit denen der geformten Persönlichkeit zu vergleichen. In diesen Minuten *muß* er begriffen haben, was ich lange wußte: Der Normalmensch war identisch mit seinem Reflexwesen. Was daran zum Kopfschütteln ist, kann ich nicht einsehen. Warum er nicht sofort gegangen ist und dieses Wesen mit Heinrich bekannt gemacht hat, weiß ich nicht. Ich verstehe den Menschen nicht mehr.

Das Haus verläßt mein Professor wie gewöhnlich, aber nach Stunden sehe ich ihn im Wäldchen herumstrolchen. Ich schlage mich in die Büsche, ohne ihn zu begrüßen, denn ich lege Wert auf Diskretion in meiner Intimsphäre. (Diesmal ist es, am Rande bemerkt, die schwarzweiße Laura von Klempnermeister Wille, ein sanftes, anschmiegsames Geschöpf ohne Herrschsucht.) Dr. Hinz besucht uns, obwohl seit Tagen nicht gearbeitet wird. Er kommt abends, wenn mein Professor immer noch nicht zu Hause ist. Er trägt seine weinrote Weste und küßt Frau Anita die Hand, dann gehen sie ins Wohnzimmer, wohin ich ihnen nicht folge, weil unwissenschaftliche Gespräche mich über alle Maßen langweilen. Isa dreht in ihrem Zimmer das Radio auf eine Lautstärke, daß ich mich unter die Pelzfutter im Garderobenschrank verkrieche. Dann höre ich, wie sich in der Diele Dr. Hinz und mein Professor höflich begrüßen. Der eine geht, der andere kommt.

Mitternacht.

Was ist dir, Rudolf, höre ich Frau Anita fragen. Mein Professor geht stumm und mit merkwürdig schweren Schritten an ihr vorbei und schließt sich in seinem Arbeitszimmer ein, knapp daß ich noch mit durch die Tür witschen kann. Aus seiner Aktentasche zieht er keine neuen Botschaften Heinrichs, sondern zwei Kognakflaschen hervor, deren eine halb leer ist. Sofort setzt er sie an die Lippen und nimmt einen tiefen Zug. Dann hebt er zu sprechen an.

Ich, kein Hasenfuß von Natur, ich fürchte mich.

Regine, sagt der Professor der angewandten Psychologie R. W. Barzel, Fräulein Regine Malzkacke. Du willst mich nicht und bist also stolz. Nun gut. Ausgezeichnet sogar. (So sagt mein Professor und trinkt aus der Flasche.) Eines Tages nämlich werden Sie mich mögen *müssen*, mein Fräulein. Bloß dann werden Sie nicht mehr Malzkacke, sondern ein Reflexwesen sein wie jedermann, und den Stolz werde ich dir als nebensächlich weggeformt haben, und anstatt mit deinem faden blonden Motorradjüngling werde ich dich mit SYMAGE verheiraten. Trauzeuge wird Heinrich sein, und auch diesen arroganten Lümmel werde ich kleingekriegt haben. Positiv wird er sein, der Lump, erbarmungslos positiv, und was ich ihm auch zu fressen gebe, nichts wird er ausspucken als JAJA JAJAJA ...

Man pocht. Ich höre Dr. Fettbacks Stimme und ziehe es vor ...

Anmerkung des Herausgebers:

Das Manuskript bricht ab. Unser Kater Max, falls er wirklich sein Urheber sein sollte, was schier unglaublich scheint, hat es nicht vollenden können. An der heimtückischen Katzenseuche ist er in der letzten Woche gestorben. Unsere Trauer um ihn, der außerordentlich war an Schönheit und Charakter, wird durch diesen Fund in seinem Nachlaß vertieft. Wie fast immer, wenn man einen Autor persönlich gekannt hat, befremdet einen die eigenartige, man könnte sagen, verzerrte Weltsicht in seinen Schriften. Auch unser Max hat sich die Freiheit genommen zu erfinden. Sogar ihn selbst glauben wir anders und besser zu kennen als den Ich-Erzähler dieser Zeilen.

Wer aber wollte aus kleinlichen Bedenken oder verletzter Eitelkeit dieses Denkmal, das ein begabtes Wesen sich selbst gesetzt hat, einer breiteren Öffentlichkeit vorenthalten?

Juninachmittag

Eine Geschichte? Etwas Festes, Greifbares, wie ein Topf
mit zwei Henkeln, zum Anfassen und zum Daraus-
Trinken?
Eine Vision vielleicht, falls Sie verstehen, was ich meine.
Obwohl der Garten nie wirklicher war als dieses Jahr.
Seit wir ihn kennen, das sind allerdings erst drei Jahre,
hat er nie zeigen dürfen, was in ihm steckt. Nun stellt
sich heraus, daß es nicht mehr und nicht weniger war als
der Traum, ein grüner, wuchernder, wilder, üppiger
Garten zu sein. Das Urbild eines Gartens. Der Garten
überhaupt. Ich muß sagen, das rührt uns. Wir tauschen
beifällige Bemerkungen über sein Wachstum und verstehen im stillen, daß er seine Üppigkeit übertreibt; daß er
jetzt nicht anders kann, als zu übertreiben, denn wie
sollte er die seltene Gelegenheit nicht gierig ausnützen,
aus den Abfällen, aus den immer noch reichlichen
Regenabfällen der fern und nah niedergehenden Unwetter Gewinn zu ziehen?
Dem eenen sin Ul is dem annern sin Nachtigall.
Was ein Ul ist? Das Kind saß zu meinen Füßen und
schnitzte verbissen an einem Stückchen Borke, das zuerst
ein Schiff werden wollte, später ein Dolch, dann etwas
aus der Umgebung eines Regenschirms. Nun aber, wenn
nicht alles trog, ein Ul. Dabei würde sich herausstellen,
was dieses verflixte Ding von einem Ul eigentlich war.
Obwohl man, das mußt du zugeben, mit so einem
stumpfen Messer nicht schnitzen kann. Als ob nicht
erwiesen wäre, daß man sich mit einem stumpfen Messer
viel öfter schneidet als mit einem schönen scharfen! – Ich
aber, geübt im Überhören versteckter Vorwürfe, legte

mich in den Liegestuhl zurück und las weiter, was immer man gegen ein stumpfes Schnitzmesser vorbringen mochte.

Du, sagte ich etwas später zu meinem Mann, den ich nicht sehen konnte; aber seine Gartenschere war zu hören: beim Wein sicherlich; denn den mußte man dieses Jahr immerzu lichten, weil er sich gebärdete, als stünde er an einem Moselhang und nicht an einem dürftigen Staketengitter unter einer märkischen Kiefer. Du, sagte ich: Du hattest doch recht.

Eben, sagte er. Warum du das nie lesen wolltest!

Sie kann schreiben, sagte ich.

Obwohl nicht alles gut ist, sagte er, damit ich nicht wieder Gefahr lief, über das Ziel hinauszuschießen.

Kunststück! Aber wie sie mit diesem Land fertig wird...

Ja! sagte er überlegen. Italien!

Und das Meer? fragte ich herausfordernd.

Ja! rief er, als sei das erst der unwiderlegliche Beweis. Das Mittelmeer!

Aber das ist es ja nicht. Ein ganz genaues Wort neben dem anderen. Das ist es.

Obwohl das Mittelmeer vielleicht auch nicht vollständig zu verachten wäre, sagte er.

Ihr immer mit euern Fremdwörtern! sagte das Kind vorwurfsvoll.

Die Sonne, so selten sie war, hatte schon angefangen, sein Haar zu bleichen. Im Laufe des Sommers und besonders in den Ferien an der Ostsee würde wieder jener Goldhelm zustande kommen, den das Kind mit Würde trug, als etwas, was ihm zukam, und den wir von Jahr zu Jahr vergessen.

Ich blätterte eine Seite um, und der süßliche Duft von fast verblühten Akazien mischte sich mit dem fremden

Geruch von Macchiastauden und Pinien, aber ich hütete mich, noch mehr Fremdwörter aufzubringen, und steckte meine Nase widerspruchslos in die Handvoll stachliger Blätter, die das Kind mir hinhielt, voller Schadenfreude über den unscheinbaren Ursprung des Pfefferminztees. Es stand wie ein Storch mitten in einer Insel wilden Schnittlauchs und rieb sich eins seiner hageren Beine am anderen. Mir fiel ein, daß es sommers wie winters nach Schnittlauch und Minze und Heu und nach allen möglichen Kräutern roch, die wir nicht kannten, die es aber geben mußte, denn das Kind roch nach ihnen.

Schnecken gehen übertrieben langsam, findest du nicht? sagte es, und es war nicht zu leugnen, daß die Schnecke in einer geschlagenen Stunde nicht fertiggebracht hatte, vom linken Holzbein meines Liegestuhls bis zur Regentonne zu kriechen. Obwohl man nicht völlig sicher sein konnte, wieweit sie unsere Wette vorhin verstanden und akzeptiert hatte und ob sich eine Schnecke so etwas vornehmen kann: in einer Stunde, die Regentonne, und überhaupt.

Wußtest du übrigens, daß sie wild nach Pflaumenblättern sind? Das hab ich ausprobiert.

Ich wußte es nicht. Ich habe in meinem Leben noch keine Schnecke essen sehen, am wenigsten Pflaumenblätter, aber ich behielt meine Unwissenheit und meine Zweifel für mich und ließ das Kind losgehen, um etwas zu suchen, was weniger enttäuschend wäre als diese Schnecke.

Als es nicht mehr zu hören war, war plötzlich sekundenlang überhaupt nichts mehr zu hören. Weder ein Vogel noch der Wind noch sonst irgendein Laut, und Sie können mir glauben, daß es beunruhigend ist, wenn unsere stille Gegend wirklich still wird. Man weiß ja nie, wozu alles den Atem anhält. Aber diesmal war es nur eines von diesen guten, alten Verkehrsflugzeugen; ich sage ja nicht, daß es nicht enorm schnell und komfortabel sein kann, denn diese Fluggesellschaften, die uns überfliegen, stehen in hartem Konkurrenzkampf. Ich meine nur: Es flog für jedermann sichtbar von Osten nach Westen, wenn man mit diesen Bezeichnungen ausnahmsweise nichts als die Himmelsrichtungen meint; für das Gefühl der meisten Fluggäste flog die Maschine wohl von Westen nach Westen; das kommt daher, daß sie in Westberlin aufgestiegen war, denn der Luftkorridor – ein Wort, über das man lange nachdenken könnte – führt just über unseren Garten und die Regentonne und meinen Liegestuhl, von dem aus ich mit Genugtuung beobachtete, wie dieses Flugzeug ohne die geringste Mühe nicht nur sein eigenes Brummen, sondern überhaupt alle Geräusche hinter sich herzog, die in unseren Garten gehörten.

Ich weiß nicht, ob anderswo der Himmel auch so dicht besetzt ist wie bei uns. Indem man sich platt auf die Erde legt und in den Himmel starrt, könnte man in einer Stunde die Flugzeugtypen vieler Herren Länder kennenlernen. Aber das nützt mir nichts, denn mir hat nicht einmal der Krieg beigebracht, Flugzeuge verschiedener Fabrikate und Bestimmungen voneinander zu unterscheiden. Ich weiß nicht mal: Blinzeln sie rechts rot und links grün, wenn sie nachts über unser Haus fliegen und hinter den Bäumen in der Dunkelheit verschwinden, oder umgekehrt?

Und: Kümmern sie sich eigentlich im geringsten um uns? Nun ja: Ich bin oft genug geflogen, um zu wissen, daß die Maschine keine Augen zum Sehen und keine Seele zum Kümmern hat. Aber ich gehe jede Wette ein, daß mehr als ein Staatssekretär und Bankier und Wirtschaftskapitän heute nachmittag über uns dahinzieht. Sogar für diese oder jene der neuerdings so betriebsamen Prinzessinnen möchte ich mich fast verbürgen. Man hat die Woche über das Seine getan und in sich und anderen das Gefühl gestärkt, auf Vorposten zu stehen, und am Sonnabend fliegt man guten Gewissens nach Hause. Man interessiert sich beim Aufsteigen flüchtig für dieses Land da, Landstraßen, Ortschaften, Gewässer, Häuser und Gärten. Irgendwo drei Punkte in einer grünen Fläche (die Schnecke lasse ich natürlich aus dem Spiel). Sieh mal an: Leute. Na ja. Wie die hier wohl leben. Übrigens: ungünstiges Gelände. Von der Luft aus allein ist da nicht viel zu machen.

Denk bloß nicht, daß ich dich jetzt schlafen lasse, sagte das Kind. Es hatte sich auf Indianerart angeschlichen und war befriedigt, daß ich erschrak. Es hockte sich neben mich, um auch in den Himmel zu gucken und ihn nach Schiffen und Burgen abzusuchen, nach wilden Gebirgsketten und goldüberzogenen Meeren der Seligkeit. Keine Schlachtschiffe heute. Keine Unwetterdrohung weit und breit. Nur das ferne Motorenbrummen und die atemberaubende Entwicklung einer Wüstenoase, auf deren Palmengipfeln die Sonne lag und deren Tierwelt sich in wunderbarer Schnelligkeit verwandelte, denn dort oben hatten sie den Trick heraus, eins aus dem anderen hervorgehen, eins ins andere übergehen zu lassen: das Kamel in den Löwen, das Nashorn in den Tiger und, was allerdings etwas befremdend war, die Giraffe in den Pinguin. Uns kam ein Anflug von Unsicherheit über die Zuverlässigkeit von Himmelslandschaften, aber wir verbargen ihn voreinander.

Weißt du eigentlich, daß du früher immer Ingupin gesagt hast? fragte ich.

Statt Pinguin? So dumm war ich nie!

Wie lange ist für ein achtjähriges Kind nie? Und wie lange ewig? Vier Jahre? Oder zehn? Oder die unvorstellbare Spanne zwischen ihrem Alter und dem meinen?

Ingupin! beharrte ich. Frag Vater.

Aber wir konnten ihn nicht fragen. Ich konnte nicht hören, wie er auflachte und Ingupin sagte, in demselben Tonfall, den er vor vier Jahren hatte. Ich konnte den Blick nicht erwidern, den er mir zuwerfen würde. Denn Vater sprach am Zaun mit dem Gartennachbar. Was man so sagt: Wie? Sie wollen die wilden Reizker an Ihren Tomaten noch mehr kappen? Das kann doch nicht Ihr Ernst sein! Wir hörten dem Streit mit überheblichem Vergnügen zu, wie man auf etwas hört, was einen nicht wirklich angeht. Übrigens gaben wir dem Vater recht. Aus Prinzip, und weil der Nachbar im Frühjahr unseren letzten Respekt verloren hat, als er in vollem Ernst verlangte, das Kind solle all die mindestens sechshundert gelben Butterblumen in unserem Garten abpflücken, damit sie nicht zu Pusteblumen werden und als Samen sein akkurat gepflegtes Grundstück bedrohen konnten. Wir hatten viel Spaß an dem Gedanken: Armeen von Pusteblumenfallschirmchen – sechshundert mal dreißig, grob gerechnet – treiben eines Tages in einem freundlichen Südwestwind auf des Nachbars Garten los, und er steht da, ächzend, weil er zu dick wird, bis an die Zähne mit Hacke und Spaten und Gartenschlauch bewaffnet, seinen Strohhut auf dem Kopf und seinen wütenden kleinen schwarzen Köter zu seinen Füßen; aber sie alle zusammen richten nichts aus gegen die Pusteblumensamen, die gemächlich herbeisegeln und sich niederlassen, wo sie eben abgesetzt werden, ohne Hast und ohne Widerstreben, denn das bißchen Erde und Feuchtigkeit, um erst mal Fuß zu fassen und einen winzigen Keim zu treiben, findet sich allemal. Wir waren ganz und gar auf seiten der Pusteblumen.

Immerhin beklagte sich der Nachbar zu Recht, daß die Erdbeeren dieses Jahr am Stiel faulen und daß kein Mensch weiß, wohin das führen soll, wenn ein heiterer Nachmittag wie dieser zu den großen Ausnahmen gehört.

Mitten in dieses müde Gerede, in das gedämpfte Gelächter aus einem anderen Garten, in den ein wenig traurigen Dialog meines Buches brach der trockene, scharfe, wahrhaft markerschütternde Knall eines Düsenfliegers. Immer genau über uns, sagte das Kind beleidigt, aber nicht erschrocken, und ich ließ mir nicht anmerken, wie leicht mir immer noch durch einen Schreck der Boden unter den Füßen wegsackt. – Er schafft es ja nicht anders, sagte ich. – Was denn? – Die Schallmauer. Er muß ja durch. – Warum? – Er ist extra dafür gemacht, und nun muß er durch. Auch wenn es noch mal so laut krachen würde. – Das muß ihm doch selber peinlich sein. Vielleicht steckt sich der Flieger Watte in die Ohren? – Aber er hört ja nichts. Das ist es doch: Der Schall bleibt hinter ihm. – Praktisch, findest du nicht? sagte das Kind und setzte im selben Ton hinzu: Mir ist langweilig.

Ich weiß wohl, daß man die Langeweile von Kindern zu fürchten hat und daß sie nicht zu vergleichen ist mit der Langeweile von Erwachsenen; es sei denn, ihre Langeweile wäre tödlich geworden: Was sollten wir mehr fürchten müssen als die tödliche Langeweile ganzer Völker? Aber davon kann hier nicht die Rede sein. Ich mußte mit der Langeweile des Kindes fertig werden und sagte vage und unwirksam: Mach doch was.

In der Zeitung steht, sagte das Kind, man soll Kindern Aufgaben geben. Davon werden sie gebildet.

Du liest Zeitung?

Natürlich. Aber die besten Sachen nimmt Vater mir weg. Zum Beispiel: »Leiche des Ehemanns in der Bettlade.«

Das wolltest du unbedingt lesen?

Das wäre spannend gewesen. Hatte die Ehefrau den Ehemann ermordet?

Keine Ahnung.

Oder wer hatte ihn im Bettkasten versteckt?

Aber ich hab doch diesen Artikel nicht gelesen!

Wenn ich groß bin, lese ich alle diese Artikel. Mir ist langweilig.

Ich wies das Kind an, Wasser und Lappen zu holen und Tisch und Stühle abzuwischen, und ich sah die Leiche des Ehemanns in der Bettlade durch seine Träume schwimmen, sah Ehefrauen herumgeistern, die darauf aus sind, ihre Männer umzubringen – womit denn bloß? Mit einem Beil? Mit dem Küchenmesser? Mit der Wäscheleine?, sah mich an seinem Bett stehen: Was ist denn? Hast du schlecht geträumt? und sah seine erschrockenen Augen: Nichts. Mir ist nichts. Seid ihr alle da? Irgendwann einmal wird das Kind seinen Kindern von einem frühen Alptraum erzählen. Der Garten wird längst versunken sein, über ein altes Foto von mir wird es verlegen den Kopf schütteln, und von sich selbst wird es fast nichts mehr wissen. Die Leiche des Ehemanns in der Bettlade aber wird sich erhalten haben, bleich und unverfroren, so wie mich noch immer jener Mann peinigt, von dem mein Großvater mir einst erzählt hat: Für eine grausige Bluttat zum Wahnsinn durch einen

Wassertropfen verurteilt, der in regelmäßigen Abständen tagein, tagaus auf seinen geschorenen Kopf fiel.

He, sagte mein Mann, hörst du heute nicht?

Ich dachte an meinen Großvater.

An welchen – an den, der mit achtzig noch Kopfstand machte?

An den, der fünfundvierzig an Typhus starb.

Der mit dem Seehundsbart?

Ja. Der.

Daß ich mich unter deinen Großvätern nie zurechtfinden kann!

Es muß an dir liegen. Sie sind nicht zu verwechseln.

Er fuhr fort, sich über meine Großväter zu entrüsten, und ich fuhr fort, sie in Schutz zu nehmen, als müßten wir einen unsichtbaren Zuschauer über unsere wahren Gedanken und Absichten täuschen. Er stand neben dem kleinen Aprikosenbaum, der dieses Jahr überraschend aus seiner Kümmerlichkeit herausgeschossen ist, wenn er es auch nicht fertiggebracht hat, mehr als eine einzige Frucht zu bilden, und diese winzige grüne Aprikose gaben wir vor anzusehen; so weit trieben wir die Täuschung. Was er in Wirklichkeit ansah, weiß ich nicht. Ich jedenfalls wunderte mich über die Beleuchtung, die jetzt den Aprikosenbaum umgab und alles, was in seiner Nähe herumstand, so daß man ohne den geringsten Überdruß eine Weile hinsehen konnte. Auch wenn man inzwischen von den Großvätern zu etwas anderem überging, zum Beispiel zu dem Buch, das ich immer noch in der Hand hielt und dessen Vorzug gerade darin lag, nicht zu stören beim Betrachten von Aprikosenbäumen. Sondern das Seine dazuzugeben, in aller Bescheidenheit, wie der Dritte es soll.

Aber ein paar zu viele Einsiedler und Propheten und

Verhexte kamen doch in ihm vor, darüber wurden wir uns einig, und ich holte mir die Erlaubnis, eine Geschichte zu überspringen, in der eine gräßliche Volksrache an einem Verräter mit allen Einzelheiten beschrieben sein soll; ich gab zu, all diesen Verstümmelungen und Ermordungen von Männern vor den Augen ihrer gefesselten Frauen nicht mehr gewachsen zu sein; ich gab zu, daß ich neuerdings Angst habe vor dem nächsten Tropfen, der auf unsere bloßen Köpfe fällt.

Genau in diesem Augenblick trat unsere Tochter auf, und drüben schob der Ingenieur sein neues froschgrünes Auto zur Sonnabendwäsche aus der Garage. Was das Auto betrifft: Niemand von uns hätte den traurigen Mut gehabt, dem Ingenieur zu sagen, daß sein Auto froschgrün ist, denn in den Wagenpapieren steht »lindgrün«, und daran hält er sich. Er hält sich überhaupt an Vorgedrucktes. Sie brauchen nur seinen Haarschnitt anzusehen, um die neuesten Empfehlungen der Zeitschrift »Ihre Frisur« zu kennen, und seine Wohnung, um zu wissen, was vor zwei Jahren in der »Innenarchitektur« für unerläßlich gehalten wurde. Er ist ein freundlicher, semmelblonder Mann, unser Ingenieur, er interessiert sich nicht für Politik, aber sieht hilflos aus, wenn wir den letzten Leitartikel fade nennen. Er läßt sich nie etwas anmerken, und wir lassen uns auch nie etwas anmerken, denn wir sind fest überzeugt, daß der semmelblonde Ingenieur mit seinem froschgrünen Auto dasselbe Recht hat, auf dieser Erde zu sein, wie wir mit unseren Pusteblumen und Himmelslandschaften und diesem und jenem etwas traurigen Buch. Wenn nur unsere dreizehnjährige Tochter, eben die, die gerade durch die Gartentür kommt, sich nicht in den Kopf gesetzt hätte, alles, was mit dem Ingenieur zusammenhängt, modern zu finden. Und wenn wir nicht wüßten, welch katastrophale Sprengkraft für sie in diesem Wort steckt.

Habt ihr gesehen, was für eine schicke Sonnenbrille er heute wieder aufhat, fragte sie im Näherkommen. Ich konnte durch einen Blick verhindern, daß der Vater die Sonnenbrille, die wir gar nicht beachtet hatten, unmöglich nannte, und wir sahen schweigend zu, wie sie über das Stückchen Wiese stakste und einen sehr langen Schatten warf, wie sie sich auf komplizierte Weise neben dem Aprikosenbäumchen niederließ und ihre Bluse glattzog, um uns klarzumachen, daß es kein Kind mehr war, was da vor uns saß.

Sagte ich schon, daß sie von der Probe zum Schulfest kam?

Es klappt nicht, sagte sie. Rein gar nichts klappt. Wie findet ihr das?

Normal, sagte der Vater, und ich glaube bis heute, das war nichts anderes als die Rache für die schicke Sonnenbrille des Ingenieurs.

Ja, du! sagte die Tochter aufgebracht. Du findest es womöglich normal, wenn die Rezitatoren ihre Gedichte nicht können und wenn der Chor ewig den Ton nicht trifft und wenn die Solotänzerin andauernd auf den Hintern fällt?

Von dir lerne ich alle diese Ausdrücke, stellte das Kind fest, das auf dem Rand der Regentonne saß und sich kein Wort aus dem nervenaufreibenden Leben der großen Schwester entgehen ließ. Das brachte den Vater zu der Erklärung, daß, wenn eine Solotänzerin auf den Hintern falle, dies eine bedauerliche Tatsache sei, aber kein Ausdruck. Die wirkliche Frage allerdings bestehe darin, ob man beim Schulfest überhaupt eine Solotänzerin brauche.

Wie soll ich Ihnen in dürren Worten begreiflich machen, daß der Streit, der nun losging, tiefe Wurzeln hatte, die weniger aus dem zufälligen Auftritt einer Solotänzerin ihre Nahrung zogen als aus der grundsätzlichen Meinungsverschiedenheit über den Geschmack der Lehrerin, die alle Schulfeste ausrichtet, seit unsere Kinder an dieser Schule sind. Immer noch hat sie in der neunten oder zehnten Klasse ein gutgebautes Mädchen gefunden, das bereit war, in einem roten Schleiergewand über die Bühne zu schweben und zu einer Klaviermusik anzudeuten, daß es sich nach irgend etwas sehnt. Wenn Sie mich fragen: Diese Mädchen haben weder erbitterte Ablehnung noch unkritische Verzückung verdient, aber, wie ich schon sagte, um sie geht es ja nicht. Es geht ja nicht mal um die Neigung der Lehrerin zu bengalischer Beleuchtung, denn mit allen möglichen Arten von Beleuchtung fertig zu werden, sollten wir wohl gelernt haben. Nein: In Wirklichkeit erträgt er nicht seiner Tochter schmerzhafte Hingabe an alles, was sie für vollkommen hält; erträgt nicht den Anblick ihrer Verletzbarkeit; stellt sich, töricht genug, immer wieder bei Gewitter ins freie Feld, um die Blitze, die ihr zugedacht sind, auf sich abzulenken. Wofür er im Wechsel stürmische Zärtlichkeit erntet und wütenden Undank, so daß er tausendmal sagt: Von dieser Sekunde an werde ich mich nie wieder in diese Weibersachen einmischen, das schwöre ich. – Aber wir hörten nicht auf seine Schwüre, denn er ist eingemischt, mit und ohne Schwur. Da beißt die Maus kein'n Faden ab.

Mause-Loch, sagte das Kind versuchsweise fragend: Werden sie mich weiter links liegenlassen? Die Antworten, die es in schneller Folge von uns bekam und die ich hier getreulich verzeichne, werden Sie merkwürdig fin-

den: Regen-Wurm, sagte ich. Glücks-Pilz, sagte der
Vater. Nacht-Gespenst, sagte die Tochter. Bei einer so
guten Sammlung von Wörtern konnte unser Spiel unver-
züglich losgehen, und die erste Runde lautete: Regen-
loch, Mausepilz, Glücksgespenst und Nachtwurm, dann
kamen wir schon in Fahrt und ließen uns hinreißen zu
Lochwurm und Mausegespenst und Regenglück und
Pilznacht, und danach war kein Halten mehr, die Däm-
me brachen und überschwemmten alles Land mit den
hervorragendsten Mißbildungen, Wurmgespenst und
Mauseregen und Nachtloch und Pilzwurm und Loch-
glück und Nachtregen und Pilzmaus quollen hervor.
Verzeihen Sie. Aber es ist schwer, sich nicht hinreißen zu
lassen. Möglicherweise gibt es bessere Wörter. Und
natürlich sind fünf oder sechs Spieler besser als vier. Wir
haben es mal mit dem Ingenieur versucht. Wissen Sie,
was er sagte? Sie erraten es nicht. Natürlich betrog er
uns. Zu den Spielregeln gehört ja, daß jeder, ohne nach-
zudenken, das Wort nennt, das obenauf in seinem Kopf
liegt. Der Ingenieur aber grub vor unseren Augen sein
Gehirn sekundenlang um und um, er strengte sich mäch-
tig an, bis er, sehr erleichtert, Aufbau-Stunde zutage
förderte. Wir ließen uns natürlich nicht lumpen und
gruben auch und bedienten ihn mit Arbeits-Brigade und
Sonder-Schicht und Gewerkschafts-Zeitung, und das
Kind brachte ganz verwirrt Pionier-Leiter heraus. Aber
ein richtiges Spiel wurde nicht aus Gewerkschaftsaufbau
und Brigadestunde und Sonderarbeit und Schichtleiter
und Zeitungspionier, wir trieben es lustlos ein Weilchen,
lachten pflichtgemäß kurz auf bei Leitergewerkschaft
und brachen dann ab.
Niemand von uns verlor ein Wort über diesen mißglück-
ten Versuch, um die Gefühle der Tochter nicht zu verlet-

zen, aber es arbeitete sichtbar in ihr, bis sie abends trotzig hervorbrachte: Er hat eben Bewußtsein!

Schneegans, sagte damals der Vater, dasselbe, was er auch heute sagt, weil die Tochter die erledigte Solotänzerin noch einmal hervorzieht und zu ihrer Rechtfertigung anführt, sie werde diesmal wunderbarerweise in einem meergrünen Kleid auftreten. Meergrüne Schneegans! Er nahm das Kind an die Hand, und sie gingen los mit Gesichtern, als verließen sie uns für immer und nicht nur für einen kurzen Gang zu ihrer geheimen Kleestelle, denn von Gückspilz waren sie zwanglos auf Glücksfee gekommen. Die Tochter aber sah ihnen triumphierend nach. Schneegans sagt er immer, wenn er kein Argument mehr hat, nicht? Hast du zufällig einen Kamm?

Ich gab ihr den Kamm, und sie holte einen Spiegel aus ihrem Körbchen hervor und befestigte ihn umständlich in den Zweigen des kleinen Aprikosenbaums. Dann nahm sie das Band aus ihrem Haar und begann sich zu kämmen. Ich wartete, weil es nicht lohnte, eine neue Seite anzufangen. Ich sah, wie sie sich zu beherrschen suchte, aber es mußte gesagt sein: Sie sitzen überhaupt nicht, siehst du das? – Wer, bitte? – Meine Haare. Kommt nichts dabei heraus, wenn man sie kurz vor dem Schlafengehen wäscht. Nun war es gesagt. Diese Frisur brachte ihre zu große Nase stark zur Geltung – aber erbarm dich, fügte ich hastig ein, du hast doch gar keine zu große Nase! –, wenn sie auch den Vorteil hatte, ihre Trägerin etwas älter zu machen. Der Busschaffner eben hatte sie jedenfalls mit »Sie« angeredet: Sie, Frollein, ziehn Sie mal ein bißchen Ihre Beine ein! Das war ihr peinlich gewesen, aber nicht nur peinlich, verstehst du? – Hättest du nicht, sagte ich, absichtlich die Akzente verschiebend, ihm einen kleinen Dämpfer geben können?

Vielleicht so: Reden Sie etwa mit mir so höflich? – Ach nein. So etwas fällt ihr leider nie ein, wenn sie es brauchte, und außerdem ging es ja nicht um die Unhöflichkeit des Busschaffners, sondern um das »Sie«. Jedoch, um auf die Haare zurückzukommen: Du, sagte meine Tochter. Was möchtest du lieber sein, schön oder klug?

Kennen Sie das Gefühl, wenn eine Frage in Ihnen einschlägt? Ich wußte sofort, daß dies die Frage aller Fragen war und daß sie mich in ein unlösbares Dilemma brachte. Ich redete ein langes und breites, und am Gesicht meiner Tochter sah ich, wie sie mich aller Vergehen, die in meiner Antwort denkbar waren, nacheinander für schuldig hielt, und ich bat im stillen eine unvorhandene Instanz um eine glückliche Eingebung und dachte: Wie sie mir ähnlich wird; wenn sie es bloß noch nicht merkt!, und laut sagte ich plötzlich: Also hör mal zu. Wenn du mich so anguckst und mir sowieso kein Wort glaubst – warum fragst du mich dann erst? Da hatte ich sie am Hals, und darauf war die Frage ja auch angelegt. Der Kamm lag wie für immer im Gras, und ich hatte ihre weichen Lippen überall auf meinem Gesicht und an meinem Ohr sehr willkommene Beteuerungen von Ich-hab-nur-dich-wirklich-lieb und von ewigem Bei-mir-Bleiben und Immer-auf-mich-hören-Wollen, jene heftigen Eide eben, die man zum eigenen Schutz überstürzt leistet, kurz ehe man sie endgültig brechen muß. Und ich glaubte jedes Wort und spottete meiner Schwäche und meinem Hang zum billigen Selbstbetrug.

Jetzt lecken sie sich wieder ab, sagte das Kind verächtlich und warf mir lässig ein Sträußchen Klee in den Schoß, sieben Kleestengelchen, und jedes von ihnen hatte vier wohl ausgebildete Blätter, wovon man sich gefälligst überzeugen wolle. Keine optische Täuschung, kein doppelter Boden, keine Klebespucke im Spiel. Solides vierblättriges Glück.

Sieben! rief die Tochter elektrisiert. Sieben ist meine Glückszahl. Kurz und gut: Sie wollte die Blätter haben. Alle sieben für sich allein. Wir fanden nicht gleich Worte für diesen unmäßigen Anspruch, und wir kamen gar nicht darauf, sie zu erinnern, daß sie sich noch nie für Glücksklee interessiert hatte und auch selber nie ein einziges vierblättriges Kleeblatt fand. Wir sahen sie nur groß an und schwiegen. Aber sie war so auf das Glück versessen, daß sie kein bißchen verlegen wurde.

Ja, sagte das Kind schließlich. Sieben ist ihre Glückszahl, das stimmt. Wenn wir zur Schule gehen, macht sie immer sieben Schritte von einem Baum bis zum nächsten. Zum Verrücktwerden. Sie nahm, als sei das ein Akt unvermeidlicher Gerechtigkeit, die Blätter aus meinem Schoß und gab sie der Schwester. Übrigens bekam ich sie sofort zurück, nachdem die Tochter sie heftig gegen ihre angeblich zu große Nase gepreßt hatte; ich sollte sie vorläufig in meinem Buch aufbewahren. Es wurde sorgfältig überwacht, wie ich sie zwischen Pinien und Macchiastauden legte, an den Rand des fremden Mittelmeeres, auf die Stufen jener Treppe zu dem Wahrsager, der aus Barmherzigkeit log, auf den Holztisch, an dem der junge Gastwirt seine Gäste bewirtet hatte, solange er noch glücklich und nicht als Opfer eines düsteren Unheils gezeichnet war. Die Seiten, auf denen jene gräßliche Rachetat begangen wird, ließ ich aus, denn was weiß ich von vierblättrigem Klee und von der Glückszahl Sieben, und was gibt mir das Recht, gewisse Kräfte herauszufordern?

Sicher ist sicher.

Wer von euch hat nun wieder meinen Bindfaden weggenommen? Mit einem Schlag rutschte die fremde Flora und Fauna den Horizont herunter, wohin sie ja auch gehört, und was uns anging, war des Vaters düsteres Gesicht. Bindfaden? Niemand, sagten wir tapfer. Was für Bindfaden?

Ob wir keine Augen im Kopf hätten, zu sehen, daß die Rosen angebunden werden müßten?

Das Kind zog eine der Schnüre aus seiner Hosentasche, die es immer bei sich trug, und bot sie an. Das machte uns anderen bewußt, daß es Ernst war. Die Tochter schlug vor, neuen Bindfaden zu holen. Aber der Vater wollte keinen neuen Bindfaden, sondern die sechs Enden, die er gerade zurechtgeschnitten und hier irgendwo hingelegt hatte und die wir ihm natürlich wegnehmen mußten. Siehst du, sagten wir uns mit Blicken, man hätte ihn nicht so lange sich selbst überlassen dürfen, man hätte ihm wenigstens ein Kleeblatt in die Tasche stecken sollen, denn jedermann braucht Schutz vor bösen Geistern, wenn er allein ist. Wir sahen uns für den Rest des Nachmittags Bindfaden suchen und hörten obendrein den Vater sein Geschick beklagen, das ihn unter drei Frauen geworfen hat. Wir seufzten also und wußten uns nicht zu helfen. Da kam Frau B.

Frau B. schaukelte über die Wiese heran, weil sie bei jedem Schritt ihr ganzes Gewicht von einem Bein auf das andere verlagern muß, und in ihrer linken Hand trug sie ihre Einkaufstasche, ohne die sie nicht auf die Straße geht, aber in ihrer Rechten hielt sie sechs Enden Bindfaden. Na, sagte sie, die hat doch einer wieder am Zaun hängenlassen. Nachher werden sie gesucht, und dann ist der Teufel los.

Ach ja, sagte der Vater, die kommen mir eigentlich

gerade zupaß. Er nahm den Bindfaden und ging zu den Rosen.

Vielen Dank, Frau B., sagten wir. Aber setzen Sie sich doch.

Die Tochter holte einen von den frisch abgewaschenen Gartenstühlen, und wir sahen etwas besorgt zu, wie er vollständig unter dem mächtigen Körper der Frau B. verschwand. Frau B. pustete ein bißchen, denn für sie, wie sie nun mal ist, wird jeder Weg eine Arbeit, sie schöpfte neuen Atem und teilte uns dann mit, daß der geschossene Zustand unserer Erdbeeren von übermäßiger künstlicher Düngung herrühre. Frau B. ist nämlich kein noch so merkwürdiges Verhalten irgendeiner lebenden Kreatur fremd, sie sieht mit einem Blick die Krankheit und ihre Wurzel, wo andere Leute lange herumsuchen müssen. Unsere Wiese hätte längst gemäht und das Unkraut auf dem Möhrenbeet verzogen werden müssen, sagte sie uns, und wir bestritten nichts. Aber dann gab uns Frau B. Grund zum Staunen mit der Frage, ob wir eigentlich schon in das Innere der gelben Rose geblickt hätten, die als erste links auf dem Beet steht. Nein, in die Rose hineingesehen hatten wir noch nicht, und wir fühlten, daß wir ihr damit etwas schuldig geblieben waren. Das Kind lief gleich, es nachzuholen, und kam atemlos mit der Meldung zurück: Es lohne sich. Nach innen zu werde die Rose dunkelgelber, zum Schluß sogar beinahe rosa. Wenn auch ein Rosa, was es sonst nicht gibt. Das Tollste aber sei, wie tief diese Rose war. Wirklich, man hätte es nicht gedacht.

Wie ich Ihnen gesagt habe, sagte Frau B. Es ist eine edle Sorte. Die Haselnüsse haben aber auch gut angesetzt dieses Jahr.

Ja, Frau B., sagten wir. Und jetzt erst, nachdem Frau B.

es bemerkt, hatten die Haselnüsse wirklich gut angesetzt, und uns schien, alles, worauf ihr Blick mit Zustimmung oder Mißbilligung gelegen, sogar die geschossenen Erdbeeren, hatte nun erst den rechten Segen.

Da tat Frau B. ihren Mund auf und sagte: Dieses Jahr verfault die Ernte auf dem Halm.

Aber Frau B.! riefen wir.

Ja, sagte sie ungerührt. Das ist, wie es ist. Wie der Hundertjährige Kalender sagt: Unwetter und Regen und Gewitter und Überschwemmungen. Die Ernte bleibt draußen und verfault auf dem Halm.

Da schwiegen wir. Wir sahen die Ernte nach dem Hundertjährigen Kalender zugrunde gehen unter den gelassenen Blicken der Frau B., und eine Sekunde lang kam es uns vielleicht vor, daß sie selber es war, die über die Ernte und die Haselnüsse und die Erdbeeren und Rosen zu befinden hatte. Es ist ja nicht ganz ausgeschlossen, daß man durch lebenslängliche Arbeit an den Produkten der Natur ein gewisses Mitspracherecht über sie erwerben kann. Vergebens versuchte ich, mir die Fluten von Fruchtsäften, die Berge von Marmeladen und Gelees vorzustellen, die im Laufe von vierzig Jahren über Frau B.s Küchentisch gegangen waren, ich sah die Waggons voller Möhren und grüner Bohnen, die aus ihren Händen gewachsen und von ihren Fingern geputzt worden waren, die Tausende von Hühnern, die sie gefüttert, die Schweine und Kaninchen, die sie gemästet, die Ziegen, die sie gemolken hatte, und ich mußte zugeben, daß es gerecht wäre, wenn MAN ihr nun vor anderen mitteilen würde: Also hören Sie mal zu, meine liebe Frau B., was dieses Jahr die Ernte betrifft, dachten WIR...

Denn den Hundertjährigen Kalender hat ja auch noch kein Mensch mit Augen gesehen.

Da sind sie ja wieder, sagte Frau B. befriedigt. Ich muß mich bloß wundern, daß es ihnen nicht über wird.

Wem denn, Frau B.? Was denn?

Doch da sahen wir sie auch: die Hubschrauber. Muß ich mich entschuldigen für den regen Flugverkehr über unserem Gebiet? Tatsache ist: Um diese Nachmittagsstunde fliegen zwei Hubschrauber die Grenze ab, was immer sie über dem Drahtzaun zu erblicken hoffen oder fürchten mögen. Wir aber, wenn wir gerade Zeit haben, können einmal am Tage sehen, wie nahe die Grenze ist, wir können die langen Propellerarme kreisen sehen und uns gegenseitig die hellen Flecke in der Kanzel, die Gesichter der Piloten, zeigen, wir können uns fragen, ob es immer die gleichen sind, die man für diesen Flug abkommandiert hat, oder ob sie sich abwechseln. Vielleicht schicken sie sie bloß, um uns an sie zu gewöhnen. Man hat ja keine Angst vor Sachen, die man jeden Tag sieht. Aber nicht einmal die nächtlichen Scheinwerfer und die roten und gelben Leuchtkugeln, die vor der Lichtkuppel der Großstadt aufzischen, rücken uns die Grenze so nahe wie die harmlos-neugierigen Hubschrauber, die das Tageslicht nicht scheun.

Zu denken, daß er aus Texas sein könnte, sagte Frau B. Wo gerade mein Junge ist.

Wer denn, Frau B.?

Der Flieger da. Er kann doch ebensogut aus Texas sein, oder nicht?

Das kann er. Aber was in aller Welt macht Ihr Sohn in Texas?

Fußball spielen, sagte Frau B.

Da fiel uns wieder alles über ihren taubstummen Sohn ein, der mit seiner ebenfalls taubstummen Frau im Westen lebte und der nun mit der Fußballmannschaft der

Gehörlosen in Texas war, ohne zu ahnen, was seine Mutter gerade angesichts eines fremden Hubschrauberpiloten sagt. Auch Anita fiel uns ein, Frau B.s Tochter, die ebenfalls taub war und allein in einer fremden, aber erreichbaren Stadt einen Beruf lernte und jede Woche ihre Wäsche nach Hause schickte. Wir sahen Frau B. noch einmal an und suchten Spuren von Schicksal in ihrem Gesicht. Aber wir sahen nichts Besonderes.

Seht mal alle geradeaus, sagte das Kind und zog eine Grimasse. Am Zaun stand unsere Nachbarin, die Witwe Horn.

Prost die Mahlzeit, sagte Frau B. Dann werd ich man gehen.

Aber sie blieb und drehte ihren ganzen mächtigen Körper dem Zaun zu und sah der Witwe Horn entgegen: der Frau, die keine Zwiebel an Kartoffelpuffer macht und die ihren verstopften Ausguß nicht reparieren läßt und die sich kein Kopftuch zum Wechseln leistet, aus nacktem, blankem Geiz. Sie war gekommen, mit ihrer durchdringenden, teilnahmslosen Stimme zu uns über das Eisenbahnunglück zu reden.

Jetzt sind es zwölf, sagte sie statt einer Begrüßung.

Guten Tag, erwiderten wir beklommen. Was denn: zwölf?

Zwölf Tote, sagte die Witwe Horn. Nicht neun, wie sie gestern noch in der Zeitung schrieben.

Allmächtiger Himmel, sagte Frau B. und sah unsere Nachbarin an, als habe *sie* die drei Toten umgebracht, die gestern noch nicht in der Zeitung standen. Wir wußten, daß Frau B. ihr alles zutraute, denn wer am Gelde hängt, stiehlt auch und bringt Leute um, aber das ging zu weit. Auch wenn uns selbst das Glitzern in den Augen der Witwe Horn nicht recht gefallen wollte.

Woher wissen Sie denn das, fragten wir, und ist es wirklich sicher, daß drei aus unserem Ort dabei sind?

Vier, sagte unsere Nachbarin beiläufig. Aber die Frau von diesem Schauspieler war ja hoch versichert.

Nein, sagten wir und wurden blaß. Ist sie auch tot?

Natürlich, sagte die Witwe Horn streng.

Da schwiegen wir ein paar Sekunden lang für die Frau vom Schauspieler. Ein letztes Mal kam sie mit ihren beiden Dackeln die Straße herauf bis zu unserer Gartentür, ein letztes Mal beschwerte sie sich zwischen Ernst und Spaß über die Unarten der Hunde, ließ sie sich widerstrebend von Baum zu Baum ziehen und strich ihr langes blondes Haar zurück. Ja: Jetzt sahen wir es alle, daß sie schönes Haar hatte, kaum gefärbt, und daß sie schlank war und gut aussah für ihr Alter. Aber wir konnten es ihr nicht sagen, sie war schon vorbei, sie wendete uns auf eine unwiderrufliche Art den Rücken zu, die wir nicht an ihr kannten, wir durften nicht hoffen, daß sie sich umdrehen oder gar zu uns zurückkommen werde, nur damit wir unaufmerksamen Lebenden noch einmal in ihr Gesicht sehen und es uns einprägen könnten – für immer.

Was für ein unpassendes Wort für die lebendige, von wechselnden Alltagssorgen geplagte Frau des Schauspielers.

Er ist ja noch nicht zurück, sagte unsere Nachbarin, die nicht gemerkt hatte, daß jemand vorbeiging.

Wer denn?

Na, der Schauspieler doch. Sie haben ja nichts mehr von ihr gefunden, bloß die Handtasche mit dem Personalausweis. Das muß den Mann ganz durcheinandergebracht haben. Er ist noch nicht zurück.

Es kam, was kommen mußte. Das Kind tat den Mund

auf und fragte: Aber warum denn? Warum haben sie denn nichts mehr von ihr gefunden?

Wir starrten alle die Witwe Horn an, ob sie nun beschreiben würde, wie es nach so einem Eisenbahnunglück auf den Schienen aussehen kann, aber sie sagte, ohne unsere beschwörenden Blicke zu beachten, in ihrem gleichen ungerührten Ton: Das geht alles nicht so schnell. Sie suchen noch.

Kommen Sie doch näher, sagte ich. Setzen Sie sich doch. Aber dazu konnte unsere Nachbarin nur lächeln. Man sieht sie nie lächeln, außer wenn ihr etwas Unnatürliches zugemutet wird: daß sie etwas verschenken soll, zum Beispiel. Oder daß sie sich mitten am Tag hinsetzen soll. Wer sitzt, der denkt. Wer Mist auf sein Maisfeld karrt oder ein Stück Land umgräbt oder Hühner schlachtet, muß weit weniger denken als ein Mensch, der in seiner Stube sitzt und auf das Büfett mit den Sammeltassen stiert. Wer möchte sich dafür verbürgen, daß nicht auf einmal ein Mann vor dem Büfett steht, da, wo er immer gestanden hat, um seine Zeitung herunterzulangen; ein hassenswürdiger Mann, der, wie man hört, die Strafe für das Verlassen seiner Frau vor kurzem durch den Tod gefunden hat. Oder Enkelkinder, die man nicht kennt, denn man hat ja die Schwiegertochter, dieses liederliche Frauenzimmer, mitsamt dem Sohn hinausgeworfen. Da springt man auf und holt die Drahtkiste mit den Küken in die gute Stube, mögen sie doch die leere Wohnung mit ihrem Gepiepe füllen, mögen doch die Federn umherfliegen, daß man kaum atmen kann, mag doch alles zum Teufel gehen. Oder man rennt in die Küche und färbt Eier und verschenkt sie zu Ostern an die Nachbarkinder, diese Nichtsnutze, die abends an der Türklingel zerren und dann auseinanderstieben, so daß niemand da ist, wenn man hinausstürzt, immer wieder hinausstürzt, aber nichts ist da. Nichts und niemand, wie man sich auch den Hals verrenkt.

Wiedersehen, sagte die Witwe Horn. Weiter wollt ich dann ja nichts. Mit ihr ging Frau B. Jeder ihrer gewichtigen Schritte gab zu verstehen, daß sie sich nicht gemein machte mit der hageren Frau, die neben ihr trippelte. Die Grenze galt es zu hüten, die unverschuldetes Schicksal und selbstverschuldetes Unglück auf immer voneinander trennt.

Ein Streit brach zwischen den Kindern aus, auf den ich nicht achtete. Er wurde heftiger, zuletzt jagten sie sich zwischen den Bäumen, das Kind hielt einen abgerissenen Papierfetzen hoch und schrie: Sie liebt schon einen, sie liebt schon einen!, und die Tochter, außer sich, forderte ihren Zettel, forderte ihr Geheimnis zurück, das genauso schwer zu verbergen wie zu offenbaren war. Ich lehnte den Kopf an das Kissen in meinem Liegestuhl. Ich schloß die Augen. Ich wollte nichts sehen und nichts hören. Jene Frau, von der man nur noch die Handtasche gefunden hatte, sah und hörte auch nichts mehr. In welchem Spiel sie ihre Hände auch gehabt haben mochte, man hatte sie ihr weggeschlagen, und das Spiel ging ohne sie weiter.

Der ganze federleichte Nachmittag hing an dem Gewicht dieser Minute. Hundert Jahre sind wie ein Tag. Ein Tag ist wie hundert Jahre. Der sinkende Tag, sagt man ja. Warum soll man nicht spüren können, wie er sinkt: vorbei an der Sonne, die schon in die Fliederbüsche eintaucht, vorbei an dem kleinen Aprikosenbaum, an den heftigen Schreien der Kinder, auch an der Rose vorbei, die nur heute und morgen noch außen gelb und innen rosa ist. Aber man kriegt Angst, wenn immer noch kein Boden kommt, man wirft Ballast ab, dieses und jenes, um nur wieder aufzusteigen. Wer sagt denn, daß der Arm schon unaufhaltsam ausgeholt hat zu dem Schlag, der einem die Hände aus allem herausreißt? Wer sagt denn, daß diesmal wir gemeint sind? Daß das Spiel ohne uns weiterginge?

Die Kinder hatten aufgehört sich zu streiten. Sie fingen Heuhüpfer. Die Sonne war kaum noch sichtbar. Es begann kühl zu werden. Wir sollten zusammenräumen, rief der Vater uns zu, es sei Zeit. Wir kippten die Stühle an den Tisch und brachten die Harken in den kleinen dumpfen Schuppen.

Als wir gingen, war die Luft voller Junikäfer. An der Gartentür drehten wir uns um und sahen zurück.

Wann war das eigentlich mit diesem Mittelmeer, fragte das Kind. Heute?

Nachwort

»Die Sicherheit im Umgang mit den Zuhörern und Fragern
ist ohne jede Spur von Herablassung. Keiner im Saal ist
ernsthafter bei der Sache als Christa Wolf selber. Wie sie auf
eine ganz besondere Sympathie ihrer Leser vertrauen kann,
muß sie auch dem Vertrauen standhalten, das eine Vorbildfi-
gur aus ihr gemacht hat. Ihren Namen umgibt in der DDR
eine Aura, die sich im westlichen Literaturbetrieb nir-
gendwo mehr ausbildet. Die Dichterin, die erhabene
Stimme, die Wahrsagerin – solche Assoziationen gehören
dazu.«[1] Verstehen kann man diese zutreffende Beobachtung
eigentlich nur, wenn man weiß, daß in der DDR für Literatur – anders als bei uns – ein elementares Bedürfnis vorhan-
den ist – durchaus wie für ein Nahrungsmittel. Dabei ist
Christa Wolf »nur« eine ganz der Prosa verpflichtete *Erzählerin*, deren einzigartige Wirkung von Person *und* Werk
ausgeht, weil sie eine Einheit, eine Integrität ausdrücken.
Nicht zufällig hat sie sich in einigen Zügen mitporträtiert in
einem Essay über Ingeborg Bachmann, die als Lyrikerin eine
größere Wirkung hatte denn als Erzählerin. Jener Essay
»Die zumutbare Wahrheit«, 1966 entstanden, war eine
Überraschung, weil nicht unbedingt zu erwarten war,
daß eine sozialistische Autorin mit einer völlig anderen
Betrachtungs- und Darstellungsweise der Wirklichkeit
(einer doch gesellschaftlich vermittelten) solche – bei aller
Unterscheidung – nahezu intime Annäherung an Ingeborg
Bachmann würde herstellen können. Da war von einer
Stimme »kühn und klagend«[2] die Rede, die Bachmann habe
als Dichterin der Summe von Erfahrungen in der Welt

---

1 Vgl. Sibylle Wirsing, »Ein Ost-Berliner Dialog. Christa Wolf gibt Auskunft«, in: *Frankfurter Allgemeine Zeitung*, Nr. 275, 26. November 1979,
S. 23.
2 Christa Wolf, »Die zumutbare Wahrheit – Prosa der Ingeborg Bachmann«,
in: Chr. W., *Lesen und Schreiben*, Darmstadt 1972, S. 121 ff.

»redlich ihre eigene« hinzugefügt. »Selbstbehauptung« als Grundantrieb ihrer Dichtung stellt Christa Wolf fest, eine wiedergewonnene Souveränität, »die durch Unterwerfung verlorengegangen war«. Ein »Pathos der innerlich angespannten Beschreibung«, die »innere Erfahrung« sei »Gegenstand ihrer Prosa«. »Sie verteidigt keine Außenbezirke, sondern ›Herzländer‹. Den Anspruch des Menschen auf Selbstverwirklichung.«[3] Christa Wolf nimmt in der Beschreibung der Bachmannschen Dichtung vorweg, was in der Folgezeit ihr eigenes Werk mitbestimmen sollte: die »Literatur als moralische Institution, der Dichter als Anwalt neuer moralischer Antriebe, die in seiner Epoche zum Ausdruck drängen«.[4] Wenn dies auch alles auf die Dichtung der Bachmann gemünzt ist, die Sätze bekommen doch eine eigentümliche Allgemeingültigkeit, so als würden aus Anlaß dieser Dichtung Grundfragen einer Literatur formuliert, die den dogmatischen Rahmen des sozialistischen Realismus sprengt. Schwerlich noch konnten jene Kategorien auf den vieldiskutierten Roman *Der geteilte Himmel* (1963) passen, doch deutete sich seit Mitte der sechziger Jahre eine wesentlich offenere Schaffensperiode an, als deren erstes überraschendes Buch *Nachdenken über Christa T.* (1969) genannt werden muß. Bis dahin galt für Christa Wolf, die Germanistik studiert hatte und zunächst als Kritikerin und Lektorin tätig war, – ihrer ehrlichen Überzeugung nach – den kulturpolitischen Mustern und Anforderungen gerecht zu werden. »Der große Stoff unserer Zeit aber ist das Werden des neuen Menschen. Gerade zu diesem wichtigsten Thema erwarten wir in den nächsten Jahren angemessene, gehaltvolle literarische Beiträge von Schriftstellern, die dabei waren,«[5] schrieb sie in der Einleitung der Anthologie *Proben junger Erzähler* 1959. Der »neue Mensch« aber erwies sich im Resultat

3 Ebd., S. 130.
4 Ebd., S. 133.
5 *Proben junger Erzähler. Ausgewählte deutsche Prosa*, hrsg. von Christa Wolf, Leipzig 1961, S. 4.

literarischer Bemühungen dieser Zeit bei den meisten Autoren zu sehr als »ein Mensch in Anführungsstrichen« (G. Benn): den repräsentativen Vorzeigecharakter, den die Kategorie des Typischen zu erfüllen hatte, konnte man im *Geteilten Himmel* noch in der Figurenkonstellation Rita Seidel und Manfred Herrfurth erkennen: Während Manfred das Lebensgefühl einer durch die Hitlerjahre gebrochenen Generation ausdrückt, deshalb auch kein Vertrauen in die neue Wirklichkeit einbringt und nach Berlin (West) geht, kehrt Rita nach Berlin (Ost) zurück, sie entschließt sich für den Sozialismus, für das ›neue‹, ›bessere‹ Deutschland. Die Trennung der Liebenden nach dem Bau der Mauer in einen Westflüchtling und eine staatsbewußte Bürgerin – das klingt nach Lehrbuchliteratur, doch ist nur das Grundmuster der Erzählung so schematisch angelegt, die Wirklichkeitsbetrachtung im Ganzen wirkt realistischer. Weder die Lebenskrise der Rita Seidel, in der sich auch eine veränderte Weltbetrachtung der Autorin andeutet, noch die differenziert geschilderten Nebenfiguren u. a. in der Waggonfabrik lassen ein optimistisches Gesamtbild entstehen.

Nachdenken über Christa T. markiert eine tiefgreifende Veränderung, wie sie sich schon in dem eingangs zitierten Essay über Ingeborg Bachmann andeutete. Diese Veränderung darf aber nicht abgelöst von den Forderungen und Stimmungen jener Zeit gesehen werden. Die Goldgräbermentalität der Aufbauphase – wie Kurt Batt es einmal formuliert hatte – war ja längst vorbei. Man hatte sich, so wie sich der Sozialismus in der DDR eben darbot, mit ihm eingerichtet. Dabei traten andere Fragen auf, die sich die Gesellschaft als politische Gesamtheit aber nicht stellte, etwa was Selbstverwirklichung des Menschen in der sozialistischen Gesellschaft sei. Der einzelne in der Gesellschaft – ein Thema, das mit Christa Wolfs Buch (sie hat ihm keine Gattungsbezeichnung gegeben) in den Mittelpunkt rückte und bald auch von anderen Autoren vor allem der mittleren Generation aufgegriffen wurde. »Nachdenken, ihr nachdenken. Dem Versuch, man selbst zu sein.«[6] So setzt das Buch ein. Erklärt wird in einer Vorbemerkung die Erzählsituation (der Autorin Christa Wolf), daß sie auf Zitate aus Tagebüchern, Skizzen und Briefen, also auf authentische Lebensäußerungen einer Frau zurückgreife. Das erzählende Ich (Christa W.) tritt Christa T. gegenüber. Dabei geht es der Autorin darum, über den Anspruch des Menschen auf Selbstverwirklichung nachzusinnen, wie sie ihn in der Dichtung der Bachmann feststellte. Am Beispiel des Lebens von Christa T. rührt sie eine bis dahin latent vorhandene Problematik der Gesellschaft an. So zentriert und selbstsicher, wie sich die sozialistische Gesellschaft oft nach außen zeigt, so scheint umgekehrt ein Mensch wie Christa T. in ihr zum Außenseiter zu neigen: Germanistik hat sie studiert, aber sie weiß nicht so recht wozu, später als Lehrerin auf einem Dorf zweifelt sie, ob diese Existenz und Tätigkeit das Richtige für sie ist, die Ehe mit einem Tierarzt ist vorübergehenden Störungen ausgesetzt, Haushalt, Kinder – sie werden bejaht, dann Krankheit und Sterben (an Leukämie). Und da Christa T. selbst zu schreiben versucht, wird auch die Reflexion über das Schreiben thematisiert (was nun an nicht mehr aus den Büchern und Aufsätzen von Christa Wolf wegzudenken ist), hier oft noch mit feierlichen Untertönen, weil die Neuartigkeit der Thematik für die DDR-Literatur, diese radikale Suche nach dem Selbst, für die Autorin wie für den Leser der begleitenden, fast schon essayistischen Deutung bedarf.

Mit dem Nachdenken über den Tod setzt das Buch über Christa T. ein. Und *Kindheitsmuster* (1976), wohl ihr bislang umfassendstes, bestes Werk, beginnt ähnlich: »Das Vergangene ist nicht tot; es ist nicht einmal vergangen. Wir trennen es von uns ab und stellen uns fremd.«[7] Wieder die Haltung des sich Erinnernwollens, das Nachforschen, aber nicht wie bei Proust »Auf der Suche nach der verlorenen

6 Christa Wolf, *Nachdenken über Christa T.*, Neuwied/Berlin 1969, S. 7.
7 Christa Wolf, *Kindheitsmuster*, Darmstadt 1976, S. 79.

Zeit«, sondern: zur existentiellen Situation von Christa T. kommt nun die große, geschichtliche Dimension hinzu, dem Nachspüren einer Kindheit in der Zeit des Faschismus, diesmal mit allen Zweifeln, ob und wie Sprache und Erinnerung dies leisten könnten – schon auf der ersten Seite des Romans: »Im Kreuzverhör mit dir selbst zeigt sich der wirkliche Grund der Sprachstörung: Zwischen dem Selbstgespräch und der Anrede findet eine bestürzende Lautverschiebung statt, eine fatale Veränderung der grammatischen Bezüge. Ich, du, sie, in Gedanken ineinanderschwimmend, sollen im ausgesprochenen Satz einander entfremdet werden. Der Brust-Ton, den die Sprache anzustreben scheint, verdorrt unter der erlernten Technik der Stimmbänder. Sprach-Ekel. Ihm gegenüber der fast unzähmbare Hang zum Gebetsmühlengeklapper: in der gleichen Person.«[8]

Statt Pathetik in der Sprache, liegt das Leiden im Ganzen des Romans selbst begründet: Die Erzählerin, eine Frau von Anfang vierzig, fährt mit ihrem Mann, ihrem Bruder und einer Tochter in die Landschaft ihrer Kindheit zurück, in die polnische Stadt L. (Landsberg an der Warthe, wo die Autorin 1929 geboren wurde). Es ist eine Reise zu sich selbst, bei der Christa Wolf nachzuforschen versucht, was aus dem Mädchen Nelly Jordan zwischen 1933 und 1945 geworden ist. Ein Stück Vergangenheit wird exemplarisch bearbeitet, aufgearbeitet. Was in *Kindheitsmuster* noch mehr als in vorangegangenen Werken als tragende Struktur zum Durchbruch gelangt, ist Christa Wolfs essayistisches Erzählen; ja vielleicht zeigt sich hier erst ganz, wie sehr im Essayistischen als einer wesentlichen Mitteilungsform des modernen Romans (seit Broch, seit Musil) Christa Wolfs besondere Stärke liegt.

Dieses Erzählen als Versuch und Entwurf findet sich zum ersten Mal in der hier abgedruckten Erzählung »Juninachmittag« (1965). Wiederum spiegeln, wie in fast allen guten Texten von Christa Wolf, die Eingangssätze schon eine

8 Ebd., S. 9.

persönliche Haltung der Autorin wider, fast klingen sie programmatisch, als wollten sie sich von jeder Programmliteratur absetzen: »Eine Geschichte? Etwas Festes, Greifbares, wie ein Topf mit zwei Henkeln, zum Anfassen und zum Daraus-Trinken?« Nein, hier wird der Fabel mißtraut; in einem raschen Perspektivenwechsel kreuzen sich Erinnerungen, Vergangenheit und Gegenwart und erhellen schlaglichtartig Szenen des Alltags. Selbstbefragung nach dem, was wir sind, – mitten in der Idylle eines Juninachmittags, dessen Kehrseite auch Bedrohung, ja Angst ist, der Christa Wolf schreibend auf den Grund kommen will. Und so fern davon ist eine satirische Erzählung wie »Neue Lebensansichten eines Katers« (1970) auch nicht: Das Glück der Menschen auf wissenschaftlicher Grundlage läßt sich per Computer wohl in keiner der uns bekannten Gesellschaften verwirklichen.

Jedoch anders als in dieser Geschichte, in der Christa Wolf E. T. A. Hoffmanns Kater Murr als Anleihe für eine satirische Rolle dient, setzt sich die Autorin in ihrem jüngsten Buch *Kein Ort. Nirgends* (1979) unmittelbar mit zwei Dichtergestalten der Romantik auseinander: An einem Juninachmittag 1804 treffen Heinrich von Kleist und Karoline von Günderrode im Salon eines Landhauses in Winkel am Rhein aufeinander. Man ist zu Tische in einer illustren Gesellschaft mit Clemens Brentano und dessen Frau Sophie Mereau, mit Friedrich Carl von Savigny, mit Bettina und Gunda Brentano u. a. Warum aber Kleist und die Günderrode? Beide, in eine restaurative Epoche hineingeboren, waren nicht bereit, sie zu akzeptieren, und weil ihre Lebensform nicht mit ihrer Zeit in Einklang zu bringen war, zerbrachen sie daran. Bekanntlich erschoß sich Kleist am Wannsee, die Günderrode erdolchte sich in Winkel am Rhein. Christa Wolfs Erzählung greift freilich in der Anverwandlung der Historie über den literarischen Augenblick hinaus. Vor allem der Situation des Künstlers in einer Gesellschaft, die diesen zum Außenseiter macht, hat Christa Wolf nachgespürt: wie zwei

Dichtergestalten »die Unstimmigkeit der Zeit« (Chr. Wolf) symbolisieren; es sind jene Künstlertypen, an denen Christa Wolf mehr zeigen kann als an den längst *vor* aller Dichtung feststehenden positiven Helden der Geschichte. Christa Wolf hat im gleichen Jahr 1979 noch einen Auswahlband mit Dichtungen der Günderrode *Der Schatten eines Traumes* herausgebracht und ihn mit einem großen, eindringlichen Essay versehen. Sie steht aber mit ihrer Romantik-Auseinandersetzung nicht allein: Franz Fühmann, Anna Seghers oder Günter de Bruyn, um nur einige zu nennen, haben ebenso wie Christa Wolf den Übergangscharakter jener früheren Epoche erkannt und an einem Künstlertypus Probleme von Schriftsteller und Gesellschaft aufgezeigt, die weit in die Gegenwart hineinreichen: »Dichter sind, das ist keine Klage, zu Opfern und Selbstopfern prädestiniert«, sagt Christa Wolf am Schluß ihres Essays über die Günderrode.[9]

Hans-Jürgen Schmitt

---

9 *Karoline von Günderrode. Der Schatten eines Traumes. Gedichte, Prosa, Briefe, Zeugnisse von Zeitgenossen*, hrsg. mit einem Essay von Christa Wolf, Darmstadt 1979, S. 65.

Inhalt

Deutschsprachige Literatur der Gegenwart

IN RECLAMS UNIVERSAL-BIBLIOTHEK

Eine Auswahl

Fried, Erich: *Gedichte.* 80 S. UB 8863

Frisch, Max: *Rip van Winkle.* 62 S. UB 8306

Fühmann, Franz: *Die Verteidigung der Reichenberger Turnhalle. Das Judenauto* und andere Erzählungen. 77 S. UB 9858

Gernhardt, Robert: *Hier spricht der Zeichner.* 136 S. UB 9500 – *Reim und Zeit.* 158 S. UB 8652 – *Reim und Zeit und Co.* 415 S. Geb. – *Prosamen.* 128 S. UB 9385

Goes, Albrecht: *Unruhige Nacht.* 79 S. UB 8458

Gomringer, Eugen: *konstellationen, ideogramme, stundenbuch.* 156 S. UB 9841

Grass, Günter: *Gedichte.* 88 S. UB 8060

Hahn, Ulla: *Süßäpfel rot. Gedichte.* 96 S. UB 18249

Handke, Peter: *Noch einmal für Thukydides.* 47 S. UB 8804 – *Die Tage gingen wirklich ins Land.* Ein Lesebuch. 216 S. UB 9354

Henscheid, Eckhard: *Dummdeutsch.* Ein Wörterbuch. 294 S. UB 8865 – *Verdi ist der Mozart Wagners.* Ein Opernführer für Versierte und Versehrte. 270 S. Mit Notenbeispielen. Gebunden

Hildesheimer, Wolfgang: *Begegnung im Balkanexpreß. An den Ufern der Plotinitza.* 71 S. UB 8529 – *Der Ruf in der Wüste.* 75 S. UB 8720

Hochhuth, Rolf: *Die Berliner Antigone.* Erzählungen und Gedichte. 86 S. UB 8346

Hochwälder, Fritz: *Das heilige Experiment.* 79 S. UB 8100 – *Der öffentliche Ankläger.* 88 S. UB 9775

Hoerschelmann, Fred von: *Das Schiff Esperanza.* 70 S. UB 8762

Hofmann, Gert: *Die Rückkehr des verlorenen Jakob Michael Reinhold Lenz nach Riga.* 48 S. UB 9726

Jandl, Ernst: *Laut und Luise.* 160 S. UB 9823 – *Sprechblasen.* 96 S. UB 9940

Jelinek, Elfriede: *Wolken. Heim.* 64 S. UB 18074

Jünger, Ernst: *Capriccios.* 77 S. UB 7796

Kaschnitz, Marie Luise: *Der Tulpenmann.* 87 S. UB 9824

Kempowski, Walter: *Fünf Kapitel für sich.* 101 S. UB 7983

Klose, Werner: *Reifeprüfung.* 60 S. UB 8442

konkrete poesie. 176 S. UB 9350

Kronauer, Brigitte: *Die Wiese.* 126 S. UB 8921

Kunert, Günter: *Gedichte.* 79 S. UB 8380 – *Der Hai.* 87 S. UB 9716

Kunze, Reiner: *Selbstgespräch für andere.* 103 S. UB 8543

Langgässer, Elisabeth: *Saisonbeginn.* 80 S. UB 7723

Müller, Heiner: *Der Auftrag* und andere Revolutionsstücke. 147 S. UB 8470

Rinser, Luise: *Jan Lobel aus Warschau.* 77 S. UB 8897

Rühmkorf, Peter: *Selbstredend und selbstreimend.* 131 S. UB 8390

Schmidt, Arno: *Windmühlen.* 78 S. UB 8600

Schnurre, Wolfdietrich: *Ein Fall für Herrn Schmidt.* 78 S. UB 8677

Strauß, Botho: *Trilogie des Wiedersehens.* 135 S. UB 9908 – *Über Liebe.* 151 S. UB 8621

Die Stunde Null in der deutschen Literatur. 263 S. UB 9380

visuelle poesie. 153 S. UB 9351

Walser, Martin: *Die Zimmerschlacht.* 68 S. UB 7677

Weyrauch, Wolfgang: *Das grüne Zelt. Die japanischen Fischer.* 69 S. UB 8256

Wickert, Erich: *Der Klassenaufsatz. Alkestis.* 71 S. UB 8443

Wohmann, Gabriele: *Treibjagd.* 88 S. UB 7912

Wolf, Christa: *Neue Lebensansichten eines Katers. Juninachmittag.* 69 S. UB 7686

Philipp Reclam jun. Stuttgart